KB253733

천재들의 고양이

천재들의 고양이

2020년 4월 27일 초판 1쇄 발행
2020년 4월 27일 초판 1쇄 인쇄

지은이　　　| 진주현

인쇄　　　　| 아레스트
표지　　　　| beambitious factory

펴낸이　　　| 이장우
펴낸곳　　　| 꿈공장 플러스
출판등록　　| 제 406-2017-000160호
주소　　　　| 경기도 파주시 헤이리 예술마을
전화　　　　| 010-4679-2734
팩스　　　　| 031-624-4527
이메일　　　| ceo@dreambooks.kr
홈페이지　　| www.dreambooks.kr
인스타그램　| @dreambooks.ceo

© 진주현, 2020

잘못 만든 책은 구입하신 서점에서 바꾸어 드립니다.

꿈공장+ 출판사는 모든 작가님들의 꿈을 응원합니다.
꿈공장+ 출판사는 꿈을 포기하지 않는 당신 곁에 늘 함께하겠습니다.

ISBN　| 979-11-89129-56-9

정 가　| 13,000원

룩 룩룩룩룩룩 룩 룩룩.
장마철의 빗방울처럼 자판 위에서 소리를 내고 있다. 속도가 붙은 룩룩, 은
속다 처음으로 한 시간을 넘었다. 그건 내가 읽어야 할 것이 많아졌단
도 하다. 동시에 내가 어제 쓴 첫 문장이 슬리핑에게 또 먹혔다는 것이다.
가 있는 줄도 모르는 것 같은 이 집에 카뮈는 잘도 드나들었다. 카뮈의
탁하며 놓고 간 사료 봉투 앞에서 소리를 지르자 슬리핑은 내 밥그릇이 빈
고 카뮈의 밥그릇에만 사료를 넘치게 부어주고 다시 글을 쓰기 시작했다.
아."
룩룩룩 룩룩 룩 룩룩룩룩룩 룩룩룩룩룩룩룩룩룩룩룩.
을 먹던 카뮈는 갑자기 슬리핑의 다리 사이에 꼬리를 치켜 올리고 감았다.
영감."
서 눈을 떼지도 않은 채 슬리핑은 발로 카뮈를 밀어냈다. 웃긴 일이다. 나는
 슬리핑에게 몸을 댄 적이 없다. 카뮈는 다시 꼬리를 내리고 인사도 없이
룩룩룩룩룩룩룩룩룩룩 룩룩룩 룩 룩룩룩룩룩룩룩룩룩룩룩룩룩룩룩룩룩
 넘어간다. 천재까지는 모르겠지만 지구력이 생성되는 중인가. 일시적인

시간이 다 되어가자 슬리핑은 거대한 교향곡의 마지막 음을 룩, 치고
일어난 음악가처럼 고고히, 가 아니라 유령처럼 늘어져서 침대로 가서

 써 놓은 글이 궁금하다. 하지만 읽기도 전에 마음이 다잡아야 한다. 세
그렇게 룩룩, 해댔으니 그 안에 첫 문장이 들어 있을 수도 있다. 그러면
닐까. 카뮈는 오지 않을 테니 지금 읽어야 한다.

은 첫 문장 뒤에 글들은 대단했다. 윤곽을 갖춰가는 건축물처럼 점점 더
깊어지고 있다. 문장들은 슬리핑보다 탄탄하고 단단했다. 벽돌들 사이에
시멘트 위에서 힘을 더하며 굳어지고 있는 탄력의 냄새가 난다. 그 끈기가
감촉을 만질 수는 없어도 느낄 수는 있다. 눈이 점점 더 뻑뻑해지지만
가 없다. 읽고 또 읽는다. 그리고 결국 다 읽어냈다. 새로운 첫 문장은
대한 한 단락을 완수했을 뿐이다. 너무 피곤했다. 하지만 글을 읽고 나니
 문장이 저절로 생겨났다. 그래서 써넣으려고 하는 중에 갑자기 슬리핑이
을 뒤척였다. 나는 깜짝 놀라서 얼른 탁자 아래로 내려갔다. 몇 분을 그렇게
 슬리핑을 살피자 다시 벽 쪽으로 몸을 돌리고 자고 있다.
 짓고 있는 걸까. 누구를 위해 이 짓을 하고 있는 걸까. 어쩌면 슬리핑의 첫
한 결핍을 내가 대신 채워버리고 스스로 극복할 기회를 빼앗는 것은
녹을지도 모를 얼음에 자꾸 열기를 가하고 있는 것은 아닐까. 모르겠다.
는 첫 문장 하나를 다시 적어놓고 만다.

번에 솟구칠 정도로 놀랐다.
 깜짝 놀라? 뭔 죄를 지었나."
장가에 올라와 있다. 신경이 곤두섰다. 갑자기 눈의 안압이 솟구쳐 오르고

?"
심해서. 우리는 그래도. 그러니까 친구 비슷하잖아."
 친구라고 생각해본 적 없는데."
린 무슨 관계냐?"
게 피곤이 더해진다.

 할 기력도 없다.
했어."

게 고백하기로."

르게 말이 튀어나왔다.
해는 고백하라며?"
표정에 물음표와 난감함과 실망이 가득하다.

 니들에게 나에 대해 이야기한 적 있어?"

?"
 네가 좋을 대로 해. 언제 네가 내 말을 들었냐? 거절당하기 전에 마음이나
어라."
떻게 하는 말마다 심술이 가득하냐? 실은 나와 니들이 연인이 되는 게 싫지?
 나를 더 좋아하니까."
ㄴ 꼴을 당하고도 참 끈질기다. 나 하고 나도 구분 못하는 걸 너도 직접

 글을 쓰
랬다

도 카뮈가 나를 따라올까 싶어 뒤를
만 갈 곳은 역시 수풀밖에 없었다. 그
지 못한다. 아직.

룩룩.
 슬리핑은 탁자에 앉아 춤을 추고
만 충분하다. 저렇게 쓸 수 있는데 왜 첫
그의 말에 이제 납득은 했지만 첫 문장을
하다는 건 마찬가지다. 슬리핑은 나를
 첫 문장을 위한 고

천재들의 고양이

물루

"너, 혹시 장 그르니에를 알아?"

조금 전부터 내리기 시작한 비를 최대한 피하느라 정신이 없는 카뮈가 내 말에 심드렁하게 대답한다.

"그게 누군데? 유명한 고양이야?"

"아니. 유명한 작가야."

"근데?"

"그 작가의 고양이 이름이 물루, 라고."

"그러니까 네가 하고 싶은 말이 뭐냐고?"

"물루, 라는 이름을 가진 고양이가 세상에 얼마나 있을까?"

내 말에 카뮈는 몸에 떨어진 빗방울을 질색하며 요란하게 털어내며 말했다.

"야. 그걸 내가 어떻게 알아?"

“내가 정말 하고 싶은 얘기는 너의 이름에 대해서야.”
“나? 내 이름이 왜?”
“장 그르니에와 카뮈는 아주 특별한 사이였어.”
“아아. 연인이었다고. 너, 지금 나한테 고백하는 거냐?”
아. 깊은 한숨이 나온다.
“됐다. 그만하자.”
“근데 네 이름은 영감이잖아. 물루와는 상관없잖아?”
그래. 지금의 내 집사는 날 영감, 이라고 부른다.
가슴 한구석이 조금 아프다.
“네 집사가 글을 쓴다고 했나.”
“작가야.”
“그래? 볼 때마다 매번 기절한 것처럼 잠만 자던데.”
갑자기 나는 화가 치민다. 카뮈는 멍청한 놈이다. 저놈에게
는 어울리지도 않는 이름이다. 하지만 지금의 내 집사는 실은
더 한심하다. 내 원래의 이름을 단 한 번도 제대로 불러주기는
커녕 수시로 영감, 영감, 영감이라고 불러댄다. 영감은 영어로
inspiration. 탁자 앞에 앉아 한 시간도 못 채우는 인간이 어지
간히 글에 대한 열망은 아직 남아있나 보다. 그래서 나를 그렇
게 불러대는 걸까. 딱 한 권을 낸 책은 여섯 권이 팔렸지만 나
는 안다. 그 여섯 권 중에 네 권을 산 건 내 집사다. 나머지 두
권은 누가 사 갔을까.

침대인지 소파인지도 모를 거대한 매트리스에 누워 뒹굴며 하루를 거뜬히 다 보내는 게 일상이 될 수 있을까. 고양이보다 잠을 더 많이 자는 인간은 처음이다.

부지런하고 단정하던 첫 주인 생각이 났다. 작은 문으로 새벽의 공기를 미리 맞이하고 팔리지도 않는 중고 책들의 먼지 사이사이를 닦아내고 잠도 많이 자지 않았다. 그는 늘 조용한 동사처럼 움직였다. 모든 것들을 조심스레 대하는 것이 몸에 베여있었다. 소박한 음식을 천천히 먹고, 넣 개 되지 잃는 음악들을 반복적으로 들었고, 그러다 책 속의 골목들에 내가 있으면 가만히 웃어주며 머리를 만져줬다.
"네 이름은 이제부터 물루야. 물루."
물루?
"네가 처음으로 올라간 책이 장 그르니에의 책이니 물루지. 어때? 마음에 들어?"
완벽하게 마음에 들었다.
그는 가게 문을 닫고는 늘 책을 소리를 내어 읽어줬다. 특히 장 그르니에의 책들 중에서도 〈섬〉 속에서도 물루에 관한 내용을. 나중에는 카뮈에 대해서도 알게 되었다. 다음날이면 난 그 접힌 책의 알 수 없는 형체들을 바라봤다. 인간이 만든 글자 모양은 마치 그림 같았다. 그 모양을 하나씩 외우다 보니 나는 어느새 인간의 글자를 익히게 되었다. 모든 단어를 그렇게 외우고 또 외우고 그 의미까지 어느 정도는 알게 되었을 즈음 집사가 말했다.

"물루."

나는 바로 내 식의 발음을 내어 대답했다.

"물루. 나는 알고 있어. 네가 글자를 깨닫고 있다는 걸."

나는 더 큰 소리로 대답했다.

"어떻게요?"

그 네 글자는 야옹 두 번일 뿐이다. 하지만 그는 안다. 알고 있다.

"우리는 알지. 너도, 나도. 음악을 들을까? 아니면 책을 읽어줄까?"

나는 두 가지를 다 원했다. 그래서 펄쩍 뛰어 음악이 나오는 기계 곁에 갔다가 책 위로 올라갔다. 그는 정말이지 환하게 웃었다.

내가 좋아하는 그 나지막한 목소리에는 점점 피곤한 기운이 섞여갔다. 가게 문을 여는 시간도 조금씩 늦어지고 닫는 시간은 빨라졌다. 그리고 책을 읽어주는 시간도 조금씩 줄어갔다. 그리고 무엇인지 모를 알약들을 목 안으로 잔뜩 삼키는 일이 잦아졌다. 그래도 그는 늘 내가 외울 정도로 같은 문장을 읽어주었다.

- 나는 그를 사랑한다. 내가 매번 잠에서 깨어날 때마다 세계와 나 사이에서 다시 태어나는 그 간극을, 물루는 그 간격을 없애 버린다. -

내가 읽으면 그 문장은 살짝 바뀐다.

- 나는 물루를 사랑한다. 내가 매번 잠이 들지 못할 때면 그 어둠의 장막 속에서 생겨나는 위협을 물루는 나 대신에 대적한다. -

내 집사와 나의 시간은 비록 생의 풍경은 달랐을지 모르겠지만 그의 마지막 시간과 나의 첫 시간들은 어쨌든 교집합처럼 정교하게 겹쳐졌다. 일 년 동안. 정확히는 일 년 하고 이틀 동안.

"어이."

껄렁거리는 말투가 들리자 집사는 내게 읽어주던 책을 손에서 놓았다.

"왔나."

나는 훼방꾼을 살짝 노려봤다.

"고양이가 있네?"

나를 한 번 힐끗 보더니 바로 관심은 사라졌다.

"내 생의 마지막 친구지."

"내가 아니고?"

진심인지 농담인지 모를 그 말에 나는 불안해졌다. 마지막, 이란 말이 품은 의미보다 그 뉘앙스가 두려웠다. 본능으로.

"언젠가는 물루를 부탁해."

"그러지 뭐."

그는 분명 내 이름을 들었다. 그것도 거의 마지막 시간에 부탁, 이라는 말이 있었으니 잊을 수는 없을 것이다.

"요즘 글은 쓰나?"

"그럼. 좀 막혔지만."

"시간이라는 게 허락할 때 온 힘을 다하길 바라네. 인간의 숙명은 아주 한순간에 바뀌니."

"영감이 좀 필요하긴 하지."

"영감은 어디에서 오기도 하지만 자신이 만든다는 걸 이미 자네는 알잖나."

그리고 결국 마지막 날이 왔다. 나는 집사의 가슴 위에서 얼핏 잠이 들었지만 어느 순간에 내 몸이 움직이지 않는 몸 위에 있는 걸 깨달았다. 몸의 온 털들이 서고 건조해지고 내 이름인 물루, 만 남았다.

카뮈

"쟤가 바쁜 척하는 거, 웃기지 않아?"

"누구?"

카뮈의 등의 자잘한 갈색 줄 사이에 분홍색이 생겨났다.

"누구?"

"3층에 사는 여자애."

"왜? 뭐가 웃긴 건데? 그리고 바쁜 척이라는 말은 뭐야?"

"몰라."

"네가 모르면 나는 더 모르지."

"그런가."

"당연한 거 아니야? 나는 여기 온 지 얼마 되지도 않았는데."

"뭐."

"뭐가 뭐야? 말을 하려면 좀 제대로 하든지 아예 꺼내지를 말든지.”

내 말에 카뮈는 화가 난 얼굴이 되었다.

실은 3층에 사는 여자애를 본 적이 있다. 정확히는 안다기보다 얼핏 본 적이 있다. 그 여자애는 내가 이 집에 오던 밤에 창가에서 바람을 맞고 있었다. 얼룩 하나 없는 하얀 피부에 게다가 눈동자의 색이 달랐다. 오드 아이(odd eye)였다. 옅은 밤색 눈동자와 초록빛이 섞인 회색의 눈동자를 가지고 있는 것 같았다. 그 날은 날빛이 유난히 밝았고 슬픔에 긴장이 더해 세상이 이상하게 보였으니 그래서 볼 수 있었을지도 모른다. 달빛 때문이 아니라.

“니들.”

“뭐?”

“니들이라고! 그 여자애. 이상한 이름이지만.”

“그래서?”

카뮈는 할 말을 찾지 못해 괜히 바닥을 벅벅 긁어댔다.

“이상한 이름 아니야?”

“니들의 집사는 뭐 하는 사람이야?”

“비밀을 지킬 수 있어?”

내가 고개를 끄덕이자 카뮈는 말했다.

“수상한 사람이야. 실은 내가 니들이 걱정이 돼서 슬쩍 들여다봤는데.”

“그런데?”

“이상한 기구를 들고 사람 몸에 그림을 그리더라고.”

“그때 니들은 어떻게 하고 있었는데?”

“차분했어. 이상한 집사의 주술에 걸린 게 틀림없어.”

needle. 바늘. 신경을 긁다. 완벽한 이름이다.

니들의 집사는 타투이스트일 것이다. 주술이 아니다. 카뮈는 주술이라는 말은 알면서 어떻게 바늘이란 말은 모를까. 미안하지만 니들이 카뮈를 연인으로 삼는 일은 없을 것이다. 예민하고 섬세해야 하는 일에 익숙한 그녀가 카뮈와의 교집합은 없어 보였다. 이건 그저 나만의 생각이지만.

“며칠째 니들이 안 보여.”

“그래서?”

“네가 좀 가서 살펴봐.”

“네가 가지 그래?”

잠시 카뮈는 멈칫거리다 말했다.

“넌 같은 여자인데도 걱정이 안 되냐?”

“별로. 난 인사도 해본 적이 없는데 실례 아니야?”

“너도 나쁜 여자애구나.”

“그럼 너는 그 3층에 사는 여자애를 나쁘다고 하면서 걱정은 하는 거네?”

이번에는 진짜 화가 났는지 카뮈는 쌩하니 일 층으로 벽을 타고 내려가 버렸다.

　나는 3층으로 살며시 올라갔다. 카뮈의 부탁 때문만은 아니었다. 또 잠만 자대고 있을 인간이 보기 싫어 집으로 들어가기 싫었을 뿐이다.

\#니들

그녀는 완전히 집중하고 있었다. 니들의 집사도 마찬가지였다. 작고도 예민한 왱왱, 하는 소리를 내는 전선에 연결되어 있는 바늘 같은 것을 손에 들고 침대에 누워있는 사람의 팔 위에서 조심스레 움직이고 있었다. 피가 흘러내리고 닦아졌다. 묘한 광경이었다. 마치 수술실 같았다. 그 팔에 목숨이 달린 환자를 대하듯이 니들의 집사는 경건하고 침착하고 숙연하기까지 했다. 니들의 눈동자를 가까이서 확인하고 싶다는 마음도 잊고 나는 홀린 듯이 니들과 그 집사의 뒷모습만 보았다. 그렇게 한참이 지났다.

"수고하셨습니다."

니들의 집사가 하얀색의 연고 같은 걸 바르고 나자 침대 위에서 일어난 인간도 똑같이 말했다.

"수고하셨습니다."

자신의 몸에 그려진 그림을 거울에 몇 번이나 비춰보다 만족한 표정을 지은 인간이 떠나자 니들의 집사는 전선이 연결되어 있던 전원을 끄고 침대 주변을 정리하기 시작했다. 그리고 수술을 제대로 잘 마친 의사처럼 깊게 숨을 내뱉었다.

"니들. 바람 좀 쐬자. 같이 갈래?"

그 말에 니들은 기지개를 길게 켜며 집사를 따라 밖으로 나갔다.

나란히 밤의 산책을 나서는 그 둘을 보자 어쩐지 따라가고 싶은 기분이 들었지만 얼른 집으로 내려왔다. 집에는 잠기운이 잠식한 답답한 공기 속에서 한겨울도 아닌데 두꺼운 이불을 덮고 더없이 늘어진 인간이 있었다. 그 잠에 전염이라도 되면 편할지도 모르겠지만 나는 고양이치고 잠이 없다. 이유는 모르겠다. 여기로 옮겨 온 후 불면증은 더 심해졌다. 손으로 눈을 가려도 별 소용이 없었다.

살짝 열려있는 창틈 사이로 코를 내밀고 바람을 맞았다. 여름의 기운이 섞여 있는 달달한 바람이었다. 그렇게 한참이 지나자 니들과 니들의 집사가 집으로 돌아오는 모습이 보였다. 니들의 집사는 종이봉투를 품에 안고 있었고 니들은 꼬리를 한껏 치켜세우고 그 곁에서 유유자적하게 걷고 있었다. 젊은 남자 타투이스트와 하얀 고양이. 마치 사랑에 빠진 연인 같아 보인다. 오래된 친구 같아 보인다. 말조차 필요 없는, 의리가 단단한 영혼들의 결합한 오라가 형성되어 누구도 그 틈을 파고들 수 없을 것 같이 느껴진다.

그 둘이 건물 안으로 들어가자 나는 잠시 후에 다시 3층으로 올라가 창문으로 그들을 엿봤다.

니들의 집사는 종이봉투에 들어있는 것들을 꺼냈다.

"배고프지?"

사료 위에 방금 사가지고 온 캔을 따서 섞고 물도 수돗물이 아닌 정수기에서 따라 니들의 앞에 놓아준다. 그리고 니들의 목덜미를 살짝 만져순다.

"천천히, 많이 먹어. 수고했어."

니들이 무슨 수고를 했는지는 잘은 모르겠지만 사랑을 받고 있다는 느낌이 몰래 남의 창가에 매달려 있는 내게 전해오자 마음 어딘가가 서늘해진다.

늦은 밤의 소박한 만찬을 즐기는 그들을 본다. 전혀 서두르지 않고 느긋하고 우아하게 거의 소리도 내지 않고 음식을 먹는다.

"내일도 바쁠 거야. 잘 자. 니들."

잠시 후에 니들이 손으로 바닥에 있는 무언가를 누르자 방 안은 어둠에 싸였다. 그때 나는 순간적으로 확실히 봤다. 니들의 눈동자 색은 달랐다. 카뮈는 알고 있을까. 알게 된다면 니들에 대한 동경이 더 깊어질까. 아니면 그것조차 집사가 주술을 건 거라고 시비를 걸까.

그들이 잠을 자는 창가에서 한참을 더 앉아 있었다. 그냥 멍했다. 이상한 감정을 뭐라고 표현할 수가 없다. 모든 글자는 읽어도 모든 의미를 알 수는 없다. 이제는 책을 읽어주던 집사도 이 세상에 없다. 내가 아는 좋은 단어를 새벽이 올 때까지 읊어봤다. 행복. 건강. 기쁨. 위로. 사랑. 그리고 염려. 모두가 잠이 든 밤에 내 단어들은 10cm 근방에서 더 퍼지지 못하고 몇 번의 반복되는 야옹, 일 것이다. 하지만 그것들마저 다시 내 안으로 들어와 소리를 내지도 못한다.

비밀의 시작

집사의 노트북은 늘 열려있다. 자판들을 살핀다. 조금 현기증이 난다. 완성된 글자가 아니라 자음과 모음이 따로 암호처럼 따로 떨어져 있다. 한참을 들여다보다 검은색 바탕에 덩그러니 떠 있는 것들에서 영감, 이라고 글자를 발견했다. 손톱자국이 나지 않게 화면에 손을 대봐도 달라지는 건 없었다. 마음 같아서는 박박, 긁어대고 싶었지만 그럴 수도 없다. 영감, 이라는 네모난 모양 속에 무엇이 있는지 궁금해서 참을 수가 없었다. 그러다 손에 힘이 풀려 계산기 같은 자판 위로 손이 떨어지자 갑자기 화면이 바뀌었다. 지금이야 알지만 그건 우연히 눌러진 enter, 였다. 하얀 바탕이 나오고 글자 몇 개가 쓰여 있었다.

그는 20년……

그게 전부였다. 하나의 문장도 아니었고 그가 누군지, 20년은 어떤 시간인지, 무슨 관계인지 전혀 알 수 없었다. 백 개의 골목길들을 앞에 두고 어디로 가야 할지 정하지 못하고 머뭇거린 건지도, 그저 아무렇게나 써놓고 영감을 기다리고 있었던 건지, 그가 자신이지 다른 누구인지도 어떤 단서도 없다. 하다못해 20년, 후에 동안, 이라고 써놓았다면 골목길 하나는 줄일 수 있을 텐데. 아니면 20년, 후에 대신에 예전에, 라고 했다면 과거를 회상하는 골목들에 기웃거렸을지도 모를 텐데. 혹은 20년, 뒤에 후에, 라고 두 글자만 더 적어놨더라면 그가 아직 생존하고 있다는 소망을 기점으로 삼을 수도 있을 텐데. 아니다. 어차피 난 20년이라는 시간을 이해할 수는 없으니 모든 골목길을 파고들어도 시간은 부족할 것만은 분명하다.

"내 생의 마지막 친구인가."

갑자기 옛 집사의 목소리가 귀로 들렸다.

나는 온 힘을 다해 손에 힘을 주고 한 시간 동안 자판과 씨름을 하다 하나의 문장을 완성하고 오랜만에 깊은 잠에 빠졌다.

툭툭.

비가 내리나 보다. 이렇게 깊게 잔 적이 있었나. 하지만 가늘게 간신히 뜬 눈에 비친 유리창에는 비 한 방울조차 없이 햇살만 가득했다.

툭툭.

집사는 노트북 앞에 앉아 두 손을 다 사용하며 앉아 있었다. 그리고 혼자 말을 중얼댔다.

"역시 잠이 최고야. 영감이 그저 얻어지는 게 아니라고."

중간중간 흉하게 뭉친 머리카락을 긁어대기는 했지만 어쨌든 무언가를 하얀 화면에 적어 넣고 있었다. 저 인간이 저런 면도 있었나. 나는 잠에서 갑자기 깨어나 이상한 광경을 목격하고 있다.

"역시 첫 문장만 풀리면 되는 거였어."

한동안 빗소리 같은 소리가 들리다 한동안 멈추다 집사는 다시 거대한 침대 위로 몸을 날렸다.

"잠을 자야지. 아니. 자야 해."

몇 초도 지나지 않아 또 코를 고는 요란한 소리가 들려왔다. 참 요란하기도 하다. 내 밥그릇에는 눅눅해진 사료들이 뭉쳐 있다. 식욕도 없어 어쨌든 밖으로 나가기로 했다.

"야. 영감."

카뮈다.

"왜?"

"어디 가냐?"

"알 거 없어."

그러자 카뮈는 또 시큰둥해진다.

"산책도 내 마음대로 못하냐?"

"아. 산책."

"그래. 참. 니들은 잘 있더라."

내 말에 카뮈의 눈이 번뜩인다.

"정말? 어떻게 알아?"

"어제 잠시 들여다봤어. 잠이 안 와서."

"역시 이상하지? 그 집사."

"전혀. 둘이 사이만 좋던데."

딱히 카뮈를 약 올리고 싶은 기분은 아니었지만 사실이다.

"앞으로 주술 같은 말은 쓰지 마. 지극히 정상인 인간이야. 좀 특이한 일을 하는 것뿐이지."

나는 카뮈를 지나쳐 동네 공원을 향해 갔지만 카뮈는 내 뒤를 졸졸 따라왔다.

아. 귀찮다.

"어떻게 사이가 좋은데? 어?"

"그냥 집사랑 잘 지내고 있다고. 니들도 아껴주는 것 같고."

"그러니까 어떻게 잘해주는데?"

"아 몰라. 그냥 보기에 그렇다고."

내가 갑자기 걸음을 멈추자 내 꼬리에 카뮈의 얼굴이 닿을 뻔했다. 짜증이 치민다.

"언제까지 따라올 건데?"

나는 고개를 돌려 카뮈의 눈동자를 보며 딱딱하게 말했다.

“그냥 니들에게 고백하지그래?”

“뭐?”

“너, 니들을 좋아하잖아. 아니야?”

하얀 햇살 아래 카뮈의 줄무늬 사이의 분홍색은 최고로 짙어졌다.

“좋아한다고 말하기가 무서워.”

한참을 뜸을 들이다 카뮈가 말했다.

“그럼 계속 무서워하며 살아.”

나는 일부러 카뮈를 도발했다.

“너는 참 못됐다.”

몇 걸음을 더 걷다 마음이 안 좋아 고개를 돌려보니 카뮈는 그새 어디론가 사라지고 없었다.

나는 착하지 않다. 카뮈의 말이 맞다. 하지만 그렇게 태어난 걸 어쩌라고.

멈춤

집에 돌아오자 나를 보고 카뮈가 뛰쳐나가 버린다. 집사는 여전히 늘어져 있고 카뮈의 집사가 맡기고 간 사료의 밥그릇은 다른 때 보다 반도 줄지 않았다. 내 말에 상처를 받았을 걸 생각하니 마음이 좋지 않았다. 어쩌면 좋아하는 정도가 아니라 더한 감정일 수도 있는데. 좋아하는 감정에는 즐거운 구석이 있지만 더한 열망은 고통이 동반하다. 거리감을 둘 수 없는 자신의 마음을 보상받을 길이 없어 두려운 것이다. 거리감을 좁히려다 더 멀어질까 봐 겁이 나는 것이다. 현재의 환상 속에서라도 버티며 머무는 것이 더 나을지도 모른다고 본능적으로 경고를 보내는 자신을 알면서도 그것과는 또 상관없이 더 깊어지는 감정을 하나의 몸속에 갖고 있으니 괴로운 것이다. 그러니 결론은 상처받기를 자청하거나 상처를 게워내든지 둘 중

하나다. 그리고 진짜는 사랑, 이라는 감정은 어떤 존재든 곤경에 처하게 하는 힘을 지니고 있다는 깃이다. 초라함이 과도해지고 없던 빈약함도 생겨나는 생경한 감정 앞에서 당황하게 되는 것이다. 베일 것을 뻔히 알면서도 날카로운 칼날에 손을 대는 것. 어떤 답도 듣지 못할 거라는 나쁜 상상들에 온 하루를 내어주는 것. 꿈에서도 자유롭지 못한 자격을 자발적으로 얻는 것. 그러니 결국 누구도 탓할 수 없이 수렁으로 빠져들고 발버둥 치는 것. 이런 생각들을 하다 보니 자신이 우스워졌다. 카뮈는 그 정도가 아닐지도 모르는데 괜히 내 경험의 감정을 꾸역거리며 집어넣는 건지도 모른다. 그러니 나는 지금 아무도 사랑하지 않는다.

"영감."

세상에서 그렇게 듣기 싫은 말이 있을까 싶다. 할 수만 있다면 가장 차가운 물을 틀어 욕조 속에 넣고 머리를 흔들고 싶은 인간이다. 묘하게 늘어지는 어투, 젊은 시절이 있었다는 흔적도 전혀 느껴지지 않는 유령 같은 일상, 하루의 반 이상을 잠으로 보내는 아주 이상한 인간의 가진 태연한 그 자유. 그리고 내 진짜 이름도 기억하지 못하는 빈곤한 기억. 하지만 다행이라는 생각도 든다. 나도 이 인간에게는 애정이 없으므로. 그래서 진짜 내 이름은 나만의 것일 수 있으니까.

　두 번째는 우선 자판을 눈을 비벼가며 익혔다. 그리고 영감, 을 열자 갑자기 글자들이 가득했다. 내가 고른 골목길에서 만든 첫 문장으로 그 인간은 그것 하나로 달리기 시작했다. 발화점만 있으면 바로 타오르는 불꽃처럼, 풀린 신발 끈을 묶는 순간 허비한 시간을 얼른 따라잡기 위해 달려나가는 마라톤 선수처럼, 비밀을 품고 있다가 어느 날 방언을 하듯이 줄줄 털어놓는 것처럼 말이다.

　"영감."

　깜짝 놀랐지만 잠꼬대였다. 나를 부르는 게 아니다. 지금은 꿈속이므로 영감을 찾으러 어디를 헤매고 다니나 보다.

　나는 한 번 시험을 해보기로 한다. 그건 아무것도 적지 않고 가만히 있는 일이었다.

　"영감."

　나는 정말이지 너무 깜짝 놀라서 몸이 부풀었다.

　카뮈의 새까만 눈이 날 올려다보고 있었다.

　"아. 깜짝이야. 왜?"

　"뭘 그렇게 놀라냐?"

　"그냥."

　뭐라고 딱히 할 말이 없다.

　"네 집사는 또 자냐?"

　"보면 알잖아. 뭘 물어봐."

내 말에 카뮈는 고개를 한 번 갸웃거렸다.

"무슨 일이 있냐?"

"아니. 왜?"

"기운이 없어 보여서."

"별로. 잠을 설쳐서 그런가."

"아니. 매일 나만 보면 화를 내더니 오늘은 좀 멍해 보이네."

어쩌면 카뮈는 아주 멍청한 놈은 아닐지도 모른다.

"넌 어때?"

"뭐가?"

"네 집사는 언제 돌아오는데?"

카뮈는 억지로 목소리 톤을 높였지만 어깨는 슬쩍 내려갔다.

"곧."

"말도 안 해줬구나. 하여간 네 집사나 저기 누워있는 인간이나."

"야! 같은 취급을 하지 마. 그래도 내 집사는 여행 책을 내기 위해 여행을 가는 거야."

"여행을 좋아하니까 가는 거지. 그러다 보면 책도 나오는 거고."

"뭐. 그게 그거 아니야?"

"뭐. 그래. 네가 제일 잘 알겠지."

"너는 좀 잠을 설쳐야겠다. 좀 착해졌네."

"온 김에 밥이나 먹고 가라. 나는 비켜줄 테니."

"진짜 너 오늘 이상하다."

동네에 있는 공원 안에 나만의 수풀이 있다. 나만의 수풀이라는 말이 좀 그렇지만 여기 와서 내가 찾은 유일하게 편한 곳이다. 넝쿨들이 있는 숨을만한 곳은 여기 말고도 여러 군데 있었지만 여기는 비탈도 좀 있고 넝쿨도 더 무성해서 동네 길고양이들도 잘 오지 않는 것 같다. 어쩐지 보호받고 있다는 기분이 들어 여기서는 마음이 좀 편해진다. 아니. 여기 있으면 아무도 날 모르는 것 같아서 마음껏 쓸쓸해 할 수 있다는 게 더 맞는 심정일 것이다. 게다가 밤이면 온몸이 까만 나는 눈만 감으면 밤 속에 완전히 묻힐 수 있다. 여기는 책도 음악도 없지만 어차피 그가 없으니 상관없다. 소용없다.

툭.

이마 위로 빗방울 하나가 떨어졌다. 비를 좋아하지만, 나의 늦은 귀가를 걱정하는 인간도 없지만 몸을 일으켜 2층에 켜진 불빛을 향해 걷기 시작했다. 느리게. 비를 맞으며. 답답한 그 집을 향해.

이름

이틀 동안 나는 노트북 근처에도 가지 않았다. 우선 일주일을 목표로 했다. 동시에 툭툭, 울리는 소리를 듣기를 바라기도, 바라지 않기도 했다. 첫 문장을 써넣은 건 단 한 번이었고 두 번째는 카뮈가 오는 바람에 쓰지도 못했으니. 그저 우연일 수도 있다. 그리고 한 가지. 그동안 나는 그 잠을 자는 인간을 집사나 혹은 그 인간, 이라고 부르기는 했지만 앞으로는 통일해서 이야기하겠다. 내 이름을 마음대로, 게다가 여자인 나를 영감, 으로 불렀으니 나도 그러겠다. 특징은 잠자기. 취미도 잠자기. 그저 잠자기. 그러니 이름은 sleeping. 슬리핑, 밖에 더 떠오르지 않는다. 이제부터 그 인간은 슬리핑, 이다. 게다가 sleeping, 속의 ing, 는 현재 진행형이니 완벽한 이름이다. 이름은 그렇게 지어 주는 거다.

그는 내게 장 그르니에 말고도 그리스 신화도 종종 읽어주었다. 그리스 신화 속에 나오는 신들의 이야기는 신기했다. 잠의 신인 휩노스(Hypnus)는 죽음의 신인 타나토스(Thanatos)와 쌍둥이 형제이다. 날개를 가졌고, 눈꺼풀이 무겁고, 음성이 느리다.

"물루. 신기하지?"

나는 처음 들어 본 이름들이 어려워 혀로 손등을 자꾸 핥았다.

"잠과 죽음의 신이 쌍둥이라니. 그건 잠 낭년한 건데 말이지. 죽음은 영원한 잠이고 생의 눈꺼풀이 무거워지면 죽음에 가기 위한 거니. 진짜 잠은 영원이야. 영원, 이란 얼마나 좋은 것일까. 이 지상에서 상상하는 것보다 더 거대하고 평온하고 비밀스러운 곳일지도 몰라. 언젠가는 어떤 존재든 그곳에 가겠지만. 또 가보기 전에는 모르니. 너에게는 너무 어려운 이야기일지도 모르겠다."

어려운 얘기다. 하지만 영원, 이라는 말이 주는 그 부드러운 느낌에는 거부감이 없었다. 단지 그렇게 좋은 곳이라면 나의 집사가 나도 같이 데리고 가주었으면 하는 마음이 들었다.

"물루. 기억해. 너의 이름은 물루야."

나의 이름은 물루다. 그게 내게는 가장 중요한 기억이다.

툭툭, 하는 소리는 일주일 동안 들리지 않았다. 하지만 코를 고는 소리도 들리지 않고 매번 거칠고 신경질적으로 뒤척이는 몸짓이 이불들에 스치는 소리만이 반복되었다. 밤에 갑자기 벌떡 일어나 노트북 앞에 앉기는 했지만 툭툭, 소리 대신에 깊은 한숨 소리만 들리다 다시 이불을 젖히고 들어가는 소리로 이어졌다. 침대와 노트북 사이에 팽팽해서 끊어질 것 같은 고무줄 같은 긴장감이 돈다. 그 긴장은 고스란히 내게도 전해 왔다. 종종 수풀로 나갔다 돌아오기는 했지만 어차피 여기에 발을 들이는 순간 똑같다.

그렇게 하루가 더 지난밤에 나는 실험 삼아 첫 문장을 적어 넣었다. 내가 진건지, 슬리핑이 이긴 건지 알고 싶었다. 아니면 반대일 수도 있지만.

"영감."
다음 날 아침이었다.
"잠에서 영감을 얻는다는 건 멋진 일이지?"
뭐가 멋진가.
"첫 문장은 역시 간결하면서도 힘이 있어야지!"
슬리핑은 혼자 신이 나 노트북 앞에 앉아 있다.
"위대한 작가들도 이럴지 몰라. 그저 감출 뿐이지."
기가 막히다.
"영감. 나는 꿈속에서 글을 쓰나 봐."
혼자 중얼거리는 것처럼 슬리핑이 말했다.

"첫 문장이 꿈에서 나와 움직여."

착각도 이런 착각이 없다.

"내 뇌는 계속 움직이고 있는 거지."

착각을 넘어섰다. 하지만 이해한다. 세상에 어떤 고양이가 글을 쓴다고 상상이나 하겠나. 착각은 심해도 슬리핑은 정상이다. 하지만 어쩐지 얄밉다. 툭툭, 소리가 한참이나 방 안에 울려댔다.

그날, 밤에 나는 무거운 슬리핑을 등에 입고 달리는 악몽을 꾸었다. 잠에 빠져 축 늘어져 있으면서도 내가 조금만 숨을 고르려고 하면 눈을 번쩍 뜨고 달리라고 재촉한다. 부당한 걸 알면서도 나는 있는 힘을 다해 다시 일어선다. 내 시야에는 흑백의 글자들의 세상만 보인다. 검은색과 하얀색이 세상의 모든 색이다. 그런 내게 슬리핑은 고래고래 소리를 지른다. 첫 문장을 내놓으라고. 내가 마치 자신의 글을 훔치기라도 한 듯이. 눈은 감고 입술은 비정상적으로 확대되어 오로지 첫 문장만 내놓으라고 한다. 나는 온 힘을 다해 내 등 위에 달라붙은 존재를 떼어버리고 싶어 몸서리를 쳐도 꿈쩍도 하지 않는다. 나의 몸의 온 뼈들의 힘을 다해 바닥으로 가라앉고 근육들은 해체되고 결국 내 영혼까지 망가졌는데 내 귀에 대고 거칠게 속삭인다.

첫 문장만.

첫 문장만.

첫 문장만.

나는 그를 등에서 떨어뜨리려고 안간힘을 쓴다. 하지만 슬리핑의 집요한 손가락이 내 짧은 털 속의 살에 단단히 박혀 소용이 없다. 힘이 센 카뮈라도 달려와 이 손길에서 나를 떼어주길 바랄 지경이다. 아니면 니들의 집에 있는 소독제라도 가져와 슬리핑의 머리 위로 뿌려주었으면 좋겠다.

첫 문장을 원해.

내가 고개를 끄덕이자 그제야 슬리핑은 내게서 떨어졌다. 그리고 바로 잠에서 깨었다.

온몸이 욱신거린다. 특히 목덜미와 살 속이 아프다. 심한 근육통은 지독한 꿈을 자꾸 기억나게 하고 있다. 현실보다 더 현실 같은 꿈. 잠으로 삼켜진 방. 계절에 상관없이 놓여있는 두꺼운 이불들. 날 위한 물건은 거의 없는 모두 높이가 낮은 가구들. 제대로 된 장난감 하나 얻지 못한 아이. 온 생의 사랑을 한꺼번에 받다가 이제는 초라함만 안고 살아야 하는 지루하다는 감정에 점점 더 익숙해져도 매번 동시에 낯설다. 나는 어쩌자고 첫 문장을 다시 적어 넣었을까. 아마 무서운 꿈에서 벗어나지 못해서일까. 악몽 속의 약속도 약속이라고 혼자 되뇌이고 있어서였을까. 다시는 그런 꿈을 꾸지 않기 위해 써 버린 걸까. 고양이인 주제에 물에는 거부감이 없는 대신 긴장감에는 나약해 빠진 체질 때문일까.

이틀 후였다.

"영감."

딱히 날 부르는 것도 아니다.

"글이 막히네."

얼마 전부터 종종 낮에도 노트북 앞에 앉아 있는 슬리핑이 중얼거린다.

"첫 문장을 분명 썼던 것 같은 데 없어졌어."

없어지기는. 당신이 내 등에 업혀 꿈속에서 괴롭혀서 나는 어제 첫 문장을 쓸 기력이 없었다.

"어디 갔지?"

어디로 가긴. 아예 태어나지도 않은 문장을 어디서 찾는 건지. 물건을 찾는 것도 아니고 역시 한심스럽다. 온 방을 샅샅이 뒤져도 나오지 않을 첫 문장은 내 머릿속에 있다. 첫 문장만 쓸 수 없는 작가, 라니 아무리 생각해도 이상하다. 그럼 나는 첫 문장만 쓰는 고양이일까. 알 수가 없다. 이상한 콜라보. 따로 놀고 있으면서 하나의 바탕에는 같이 존재하는. 서로의 존재를 모르면서.

머칠을 내내 앓다가 밤이 돼서야 근육통이 조금 가라앉았다. 왜 갑자기 니들 생각이 난 건지 모르겠지만 아직 남아있는 희미한 통증을 안고 나는 창을 타고 3층으로 올라갔다.

어쩌면 특별한 밤

3층 턱에 살며시 걸터앉아 방 안을 살피자 니들의 집사는 잠들어 있었다. 니들은 어디 있을까, 보이지가 않는다.

"안녕."

깜짝 놀랐다. 니들은 창턱 아래에서 있었다.

"난 니들이라고 해. 너의 이름은?"

나의 이름은 두 개다. 나는 간단한 질문에 당황해서 순간 근육통도 잊었다.

"우선은 영감, 이라고 해."

"우선은? 다른 이름이 있나 보네. 비밀 같은 거야?"

"그런 건 아닌데. 지금 슬리, 아니 같이 사는 인간이 그렇게 부르니까."

"그렇구나."

미안하지만 카뮈와는 확실히 다르다. 그저 같은 여자여서 그런 걸까. 지금의 내 이름을 가지고 놀리지도 않고 그렇다고 비밀에 함부로 손도 대지 않는 고고한 예의를 가지고 있다. 그래서일까. 나도 모르게 고백해 버렸다.

"너에게만 내 진짜 이름을 알려줄게."

"정말?"

"물루."

"물루? 너무 예쁜 이름이잖아? 아깝다. 우리 둘이 있을 때만 부를게."

"응."

"저, 니들, 이라는 내 이름이 이상하지는 않아?"

"전혀."

"그래?"

"바늘이잖아. 아마 네 집사가 지어줬겠지."

"어떻게 그걸 알아?"

"그냥 알아. 실은 글자를 좀 알아."

어쩐지 표면 근처지만 슬슬 털어놓게 된다.

"멋지다. 나는 그림 밖에는 잘 모르는데."

니들이 이렇게 살가울지 전혀 예상하지 못했다. 게다가 글을 읽을 수 있다는 것에 별로 놀라지도 않는다. 혹시 니들도 글자를 읽을 수 있는 걸까.

"저기. 피가 무섭지는 않아? 미안해. 몰래 본 적이 있어."

내 말에 니들은 입꼬리가 올라갔다.

"피가 나는 건 살아있다는 거니까. 별로 무섭진 않아."

"아."

"실은 네가 처음으로 이 건물로 들어오던 날에 널 봤어."

전혀 몰랐던 사실이다.

"달빛 속에 윤기가 흐르던 등만 보였지만."

"윤기?"

"응. 달빛 아래에서 반질거리더라. 예쁘다고 생각했어."

우리는 서로를 그날 밤에 본 것이다

"네 집사는 어때?"

"뭐가?"

"좀 게으르지? 밖에도 거의 안 나가고."

"응. 실은 아주 많이 게으르지."

"어쩌면 그저 가라앉는 시절을 보내고 있을지도 몰라."

"그게 무슨 말이야?"

"그래도 한참 전에는 지금보다는 외출도 많이 하고 그랬거든."

"그래? 전혀 상상이 안 가."

"그랬어."

"응."

슬리핑의 과거에는 솔직히 관심이 없다. 어떻게 이야기를 이어나갈지를 몰라 돌아가려는 순간에 니들이 말했다.

“혹시. 어디가 아픈 거야?”

“가벼운 근육통 정도야. 괜찮아.”

“잠시만.”

니들은 갑자기 열린 서랍에서 바늘 하나를 들고 왔다.

“잠시만. 뭘 하려는 거야?”

“아프지 않을 거야.”

내 의사는 물어보지도 않고 순식간에 내 목 뒤에 바늘이 들어왔다. 아프기는커녕 느낌도 거의 없었다.

“니들. 방금 뭘 한 거야?”

니들은 차분했다.

“근육통 클리어.”

나는 힘껏 기지개를 켜보았다. 근육통은 완전하게 사라지고 없었다. 기묘한 아이인지, 근육통 치유에 유독 적합한 바늘인지, 그 바늘 끝에 묻어있던 소독제의 작용인지 알 길은 없었지만 따끔하지도 않게 바늘이 내 몸속에 들어왔다가 나간 순간은 여전히 이상했다.

“좀 낫지?”

아무렇지도 않게 말하는 니들의 어떤 쪽의 눈동자를 봐야 할지 몰라 번갈아 보며 나는 고개를 끄덕였다.

“운명 같은 걸까?”

“어?”

“내 첫 번째 집사는 의사였어. 마취 전문의.”

“아.”

“그리고 지금의 집사는 그의 동생이야.”

“아.”

그럼 그 형에게는 무슨 일이 생겼나, 라고 생각하던 참에 니들이 말했다.

“지금 집사의 형은, 그러니까 내 첫 집사는 집에 들어올 수도 없을 만큼 바빴지만 집에 들어와서는 늘 날 무릎에 앉히고 의학 서적을 읽어댔어. 쉬는 법을 모르는 사람이었어. 어쨌든 나는 간접적으로 마취에 대해서 알게 됐지 미안. 누군가에게 바늘을 사용한 건 네가 처음이야.”

“그건 괜찮아. 대신 언젠가 말해줄래? 지금 집사와 그 형에 대해.”

“그냥 지금 말해줄게. 한 번은 누군가는 알아야 한다고 생각했었어.”

니들은 몇 번이나 숨을 고르고 나는 나대로 숨을 고르고 있었다.

“다음에 얘기해도 돼. 힘든 얘기라면.”

“내 첫 집사는 훌륭한 의사였어. 성실한 정도가 아니라 일에 목숨을 걸다시피 했어. 그래서 난 자주 혼자 집에 있는 날이 많았지만 집으로 돌아와 나와 있는 시간만큼만은 또 나에게 최선을 다했어. 늘 미안한 기색으로. 아마 아픈 사람들에게도 그런 얼굴이었을 거야. 마치 모든 게 자신의 잘못이라는 듯. 그런 진심에 마음을 놓았을 존재가 얼마나 많을까.”

니들의 눈동자가 어디를 보고 있는지는 모르지만 현실의 풍경은 아니다. 내가 첫 집사를 생각할 때도 이런 얼굴일까.

“과로사였어.”

“어? 과로사?”

“너무 피곤하고 지쳐버린 거야. 남을 돌보다가.”

니들의 눈동자에 갑자기 격한 피곤함이 생겨났다. 하마터면 피곤해 보인다고 말실수를 할 뻔했다.

“이제 갈게. 또 만나.”

“물루, 잘 가.”

고맙다는 인사도 제대로 못 하고 나는 수풀을 향해 뛰어들어가 숨을 골랐다.

얼마나 일에 지치면 피곤해서 죽을까. 그런 일도 세상에 있구나. 가벼워진 몸과 달리 마음은 무거워졌다. 나는 두 존재와 이야기를 나눈 것만 같았다. 내 왼쪽에 앉아 있는 옅은 밤색의 오른쪽의 눈동자를 가진 니들과 내 오른쪽에 앉아 있는 초록빛이 섞인 회색의 왼쪽 눈동자를 가진 니들. 독립적인 두 존재. 하지만 하나인 존재. 오늘은 아무리 험한 꿈을 꾸더라도 글은 못 쓰겠다.

태양이 없는 아침, 어둠이 없는 밤, 차가운 여름. 더운 겨울. 불가능한 것들이 세상 속에 엄연하게 존재한다. 실제적이 아니라도 마음 하나만으로 기묘하고 난해한 현재를 경험하게 된다. 그리고 그것이 실제이다. 머리에서 맴도는 과로사, 라는 어감이 불길한 명사가 떨어지지 않아서 수풀에서 몸을 최대한 둥글게 말고 눈을 가렸다. 하지만 이해하고 싶지 않았다. 그 결의는 결국은 이미 이해하고 있다는 의미나 마찬가지다. 마음이 뒤틀려서 내 몸의 잔상들이 뻣뻣하게 내 주위에 어슬렁거리는 것 같다. 번쩍 눈을 뜨고 수풀에서 나왔다.

무거워지는 것들

툭 툭툭 툭 툭툭툭툭 툭툭.

딱 열 번의 툭, 소리가 불규칙적으로 들리다 정적이 왔다.

슬리핑은 무얼 썼을까. 열 개의 음절로 만들어진 문장은 뭘까. 드디어 혼자 첫 문장을 쓰게 된 걸까. 그렇다면 다행이다. 적어도 작가라면 첫 문장을 쓰지 못한다는 건 말이 안 된다. 물론 첫 문장만 그럴듯하게 써놓고 해결하지 못해 마무리를 짓지 못하고 쩔쩔매는 작가도 있겠지만.

"악"

갑자기 슬리핑이 소리를 질러댔다. 나는 깜짝 놀라 얼른 창가 구석으로 몸을 숨겼다.

나무 탁자를 마구 내리치고 있다. 잠만 자며 늘어져 있던 모습과는 완전히 다른 사람 같다. 그렇게 몇 분이 지나도 분이 안 풀리는지 거친 호흡을 내뱉다 소파인지 침대인지 구분도 안 되는 곳에 몸을 묻고 머리카락을 신경질적으로 뜯어대기 시작했다.

"왜? 왜? 뭐가 문제야? 그렇게 잠을 자도 왜 영감이 안 오는 거야? 왜? 도대체 왜?"

무섭다. 그 혼자 하는 말들이 내가 첫 문장을 안 쓰는 것에 대한 비난처럼 들려서 죄인이 된 것 같아 더는 견딜 수가 없었다. 굳어지는 몸으로 간신히 챙겨서 열린 창문으로 몸을 비집고 나와 밖으로 나갔다.

"야."

카뮈다.

"혹시 밥 먹으러 오는 거야? 배고파도 지금은 좀 참아라."

"왜? 무슨 일이 있어?"

카뮈는 슬리핑의 소리를 못 들었나. 아니면 못 들은 척하는 걸까.

"그냥. 분위기가 별로라서."

"알았어. 배도 별로 안 고파."

"다행이네."

딱히 할 말이 없다.

"근데 무슨 일 있어?"

"누구?"

"네 집사 말이야. 분위기가 안 좋다며?"

"몰라. 관심 없어."

"너, 혹시 나에게 반한 건 아니지?"

"농담이라도 싫다."

"그 정도로 내가 별로냐?"

"난 진짜 관심 없다고. 그리고 너랑 얘기를 하면 자꾸 짜증만 나."

"다행이다."

"뭐가?"

"미안하지만 넌 여자로 안 보여."

"참 다행이다."

이런 말장난이나 해대는 놈을 설마 니들이 좋아할까.

슬리핑은 나무 탁자의 모서리를 박살 냈다. 그 와중에 노트북은 멀쩡했다. 마치 꺼지지 않는 영원한 조명처럼 노트북의 불빛만 깨어 있다. 다시 영감을 찾아 잠을 자는 건지. 자기 성질에 지쳤는지 침대 위에 누워있다. 슬리핑의 손에 엉겨 붙은 핏자국이 보인다. 나는 노트북 앞에서 그 전에 슬리핑이 써놓은 글을 읽고 가만히 첫 문장을 썼다. 거의 두 시간이 걸렸다. 문장을 만들어내고 자판을 누르는 것도 여전히 어렵지만 생각을 해야 하는 시간이 더 길다. 그리고 중간중간 슬리핑이 깰까,

하는 긴장감에 몸이 자꾸 굳어간다. 하지만 슬리핑 탓만 할 수도 없다. 결론적으로 발동을 걸고 만 건 나 자신이니까. 의도 없는 도발에 책임을 져야 하는 난처한 상황을 두고 인간들은 후회, 라고 표현할까. 묵직하고 무겁고 내내 짊어지고 있는 짐을 질질 끌고 다니는 모습이 후회, 라는 형체가 되어 머릿속에 그려졌다. 두꺼운 시뻘건 줄이 뒷다리에 연결되어 아무리 다른 곳으로 가려고 해도 따라온다. 서로의 정체를 몰라도 마찬가지다. 꿈에서 자신의 첫 문장을 건져 올렸다고 믿는 슬리핑이나 슬리핑에 대한 애정도 없으면서 첫 문장을 고심하는 나도 별로 다를 것이 없다.

　슬리핑의 첫 책의, 그 속의 첫 문장은 무얼까 궁금하다. 나 같은 고양이가 그전에 있었을까. 그건 알 수 없다. 하지만 아닐 것이다. 고양이가 글자를 읽을 수 있다는 걸 믿는 단 하나의 인간은 이제 지상에 없고 영원에 있으니 물어볼 수도 없다. 니들의 집사도 니들이 내 목에 바늘을 찔러 넣었다는 건 상상도 하지 못할 것처럼. 인간의 상상력을 무시할 생각은 없지만 어쨌든. 식욕은 없지만 목이 말라 물그릇 앞으로 가봤지만 먼지와 나의 털이 섞여 둥둥 떠 있다. 밥은 몰라도 물만은 좀 제때 갈아주지.

"물루."
익숙한 종이 냄새가 어디선가 풍겨온다.

"물루."

다정한 목소리가 들리고 눈을 뜨자 나의 진짜 주인이 날 바라보고 있다. 모든 것이 그대로다. 책들의 위치도, 새벽이 밝아오기 전과 저녁나절의 닮은 빛의 익숙한 닮은 조도까지. 탁자 아래에 놓여있는 여러 가지의 약병들도, 비에 젖어 빨랫줄에 걸어놓은 책들도, 그 속에 뭉개진 글자와 들러붙은 종이들도, 그 책들을 다림질하던 구석의 다리미도 그대로이다.

"물루."

"네."

"나는 지금 아주 좋아."

"지금 영원 속에 있어요?"

"역시 우리 물루는 똑똑하지. 응. 영원에 있어."

"왜 날 데려가지 않았어요?"

나도 모르게 눈물이 흐른다.

"그건 세상의 법칙에 어긋나는 일이야. 이왕 지상에서 태어났으면 세상 구경 좀 해야지."

"그런 건 몰라요."

"우린 참 좋은 시간을 보냈잖아. 지상에서."

"지상에서."

나는 그의 말을 따라 한다.

"그래. 언젠가는 영원에서 만날 테니 씩씩하게. 알지?"

나는 집사의 팔에 고개를 기댄다. 익숙한 흙냄새가 난다. 이게 영원의 냄새일까.

"물루. 그를 도와줘."

"누구요? 슬리핑이요?"

"응. 나는 그의 첫 책 네 권을 가지고 있었어. 그는 몰라. 이건 우리 둘만의 비밀이야."

이미 알고 있는 우리만의 비밀이다. 나머지 두 권의 행방은 궁금하지 않았다.

"그는, 그러니까 슬리핑은 내 오랜 친구야. 알지?"

우선은 고개를 끄덕였다.

"그는 태평한 인간이 되는 게 목적이었어. 무슨 그런 목적이 있나 싶겠지만 정말 그랬어. 그는 어린 시절 내내 잠을 빼앗겼어."

잠을 빼앗겼다니 무슨 의미인지 잘 모르겠다.

"그의 부모는 잠을 자는 애를 깨워 억지로 책을 읽게 했어. 그리고 첫 문장을 기억하고 있는지 다음 날 확인해댔지. 그게 머리를 좋게 한다고 절대적으로 믿고 있었나 봐. 졸린 아이는 어느새 점점 더 깨우지 않아도 첫 문장을 외우고 외워대느라 불면증에 걸렸지. 그러니 지금 슬리핑은 밀린 잠을 자는 거야."

내가 이해를 해야 하는 걸까. 그래도 첫 문장을 쓰지 못 하는 트라우마는 조금 더 생각해보기로 했다.

"그리고 첫 문장을 제대로 외우지 못하면 겨울에도 현관 밖에서 벌을 세웠어. 아마 그래서 그렇게 추위를 타는 거야.”

슬리핑에 대한 이야기는 하고 싶지 않다. 그저 안겨 있고만 싶다.

“물루.”

갈라진 목소리가 내 이름을 나직하게 부른다.

“물루. 이제는 가야 해.”

나는 온 힘을 다해 그에게 매달렸다. 하지만 어느새 내 손아귀는 내 팔을 서로 할퀴며 꼭 잡고 있었다. 그가 꿈에 나와 말을 한 건 처음이었다. 나는 다시 눈을 감고 꿈으로 되돌아가려고 했지만 불가능했다.

“니들.”

다행히 니들은 혼자 있었다.

“소독제 좀 빌려줘.”

“무슨 일이야? 어디 다친 거야?”

니들은 얼른 입과 손으로 소독제를 흡수한 탈지면을 금세 만들어 주었다.

“고마워. 걱정 마. 나는. 괜찮다면 다시 올게.”

나는 슬리핑 손의 핏자국 위에 탈지면을 올려놓고 손으로 살짝 눌렀다. 멍이 올라오고 있었지만 꼼짝도 하지 않고 여전히 잠에 빠져 있다. 내가 무슨 짓을 하는 건지 한심스럽지만 슬리핑이 가여워서만은 아니다. 그런 감정이 아니다. 그저 설명할 수 없는 무언가가 있지만 그 정체는 모른다.

"네 집사는 괜찮아?"

내가 다시 3층으로 가자 니들이 물었다.

"어떻게 알았어?"

"소리를 들었어. 한참 시끄럽던데. 어디를 다친 거야?"

"탁자를 주먹으로 내리치고 난리였어."

"갑자기 왜?"

"몰라. 슬리핑은."

"슬리핑?"

"아. 내가 그냥 지은 이름이야. 매일 잠만 자니까."

"딱 맞는 이름이네."

니들이 웃었다.

"글을 쓰는데 잘 안 풀리나 봐."

사실이지만 어쩐지 거짓말을 하고 있는 것 같은 기분이 들어 얼른 화제를 바꿨다.

"네 집사는 부지런하잖아. 슬리핑과는 전혀 다르지."

니들의 웃음기가 가셨다.

"너무 부지런하지. 그 집안이 그런 건가. 그들은 다 천재야."

니들의 오른쪽 눈동자의 밤색이 잠시 더 열어졌다. 어쩌면 니들은 지금의 집사까지 과로사로 잃을까 내내 염려를 달고 사는지도 모른다. 내가 둔했다. 쉬운 인생은 없다. 인간도 고양이도.

요상한 신경전

"난 어쩌면 천재야!"

툭툭툭 툭툭 툭툭툭툭 툭 툭툭.

슬리핑은 장마철의 빗방울처럼 자판 위에서 소리를 내고 있다. 속도가 붙은 툭툭, 은 한동안 계속되다 처음으로 한 시간을 넘었다. 그건 내가 읽어야 할 것이 많아졌단 의미이기도 하다. 동시에 내가 어제 쓴 첫 문장이 슬리핑에게 또 먹혔다는 것이다. 어차피 내가 있는 줄도 모르는 것 같은 이 집에 카뮈는 잘도 드나들었다. 카뮈의 집사가 부탁하며 놓고 간 사료 봉투 앞에서 소리를 지르자 슬리핑은 내 밥그릇은 빈 줄도 모르고 카뮈의 밥그릇에만 사료를 넘치게 부어주고 다시 글을 쓰기 시작했다.

"좋아. 좋아."

툭툭툭툭툭툭툭 툭툭 툭 툭툭툭툭툭 툭툭툭툭툭툭툭툭.

열심히 밥을 먹던 카뮈는 갑자기 슬리핑의 다리 사이에 꼬리를 치켜 올리고 감았다.

"저리 가. 영감."

노트북에서 눈을 떼지도 않은 채 슬리핑은 발로 카뮈를 밀어냈다. 웃긴 일이다. 나는 단 한 번도 슬리핑에게 몸을 댄 적이 없다. 카뮈는 다시 꼬리를 내리고 인사도 없이 가버렸다.

툭툭툭툭 툭툭툭툭툭툭툭툭 툭툭툭 툭 툭툭툭툭툭툭툭 툭툭툭툭툭툭툭툭툭 툭툭.

두 시간이 넘어간다. 천재까지는 모르겠지만 지구력이 생성되는 중인가. 일시적인 조증인가.

툭.

거의 세 시간이 다 되어가자 슬리핑은 거대한 교향곡의 마지막 음을 툭, 치고 의자에서 일어난 음악가처럼 고고히, 가 아니라 유령처럼 늘어져서 침대로 가서 누웠다.

슬리핑이 써 놓은 글이 궁금하다. 하지만 읽기도 전에 마음이 다잡아야 한다. 세 시간이나 그렇게 툭툭, 해댔으니 그 안에 첫 문장이 들어 있을 수도 있다. 그러면 좋을까, 아닐까. 카뮈는 오지 않을 테니 지금 읽어야 한다.

내가 써놓은 첫 문장 뒤에 글들은 대단했다. 윤곽을 갖춰가는 건축물처럼 점점 더 이야기가 깊어지고 있다. 문장들은 슬리핑보다 탄탄하고 단단했다. 벽돌들 사이에 잘 접착된 시멘트 위에서 힘을 더하며 굳어지고 있는 탄력의 냄새가 난다. 그 끈기가 이어지는 감촉을 만질 수는 없어도 느낄 수는 있다. 눈이 점점 더 뻑뻑해지지만 그만둘 수가 없다. 읽고 또 읽는다. 그리고 결국 다 읽어냈다. 새로운 첫 문장은 없었다. 거대한 한 단락을 완수했을 뿐이다. 너무 피곤했다. 하지만 글을 읽고 나니 다음의 첫 문장이 저절로 생겨났다. 그래서 써넣으려고 하는 중에 갑자기 슬리핑이 심하게 몸을 뒤척였다. 나는 깜짝 놀라서 얼른 탁자 아래로 내려갔다. 몇 분을 그렇게 있다 슬쩍 슬리핑을 살피자 다시 벽 쪽으로 몸을 돌리고 자고 있다.

나는 죄를 짓고 있는 걸까. 누구를 위해 이 짓을 하고 있는 걸까. 어쩌면 슬리핑의 첫 문장에 대한 결핍을 내가 대신 채워버리고 스스로 극복할 기회를 빼앗는 것은 아닐까. 녹을지도 모를 얼음에 자꾸 열기를 가하고 있는 것은 아닐까. 모르겠다. 모른다. 나는 첫 문장 하나를 다시 적어놓고 만다.

"야."
털이 한꺼번에 솟구칠 정도로 놀랐다.
"뭘 그리 깜짝 놀라? 뭔 죄를 지었나."
카뮈가 창가에 올라와 있다. 신경이 곤두섰다. 갑자기 눈의 안압이 솟구쳐 오르고 있다.

“왜 왔어?”

“그냥 심심해서. 우리는 그러니까 친구 비슷하잖아.”

“난 너랑 친구라고 생각해본 적 없는데.”

“그럼 우린 무슨 관계냐?”

아. 피곤에 피곤이 더해진다.

“몰라.”

이야기를 할 기력도 없다.

“나, 결심했어.”

“뭘?”

“니들에게 고백하기로.”

“하지 마.”

나도 모르게 말이 튀어나왔다.

“왜? 언제는 고백하라며?”

카뮈의 표정에 물음표와 난감함과 실망이 가득하다.

“그냥.”

“너, 혹시 니들에게 나에 대해 이야기한 적 있어?”

“없어.”

“근데 왜?”

“알았다. 네가 좋을 대로 해. 언제 네가 내 말을 들었냐? 거절당하기 전에 마음이나 단단히 먹어라.”

“너는 어떻게 하는 말마다 심술이 가득하냐? 실은 나와 니들이 연인이 되는 게 싫지? 네 집사도 나를 더 좋아하니까.”

"아까 그 꼴을 당하고도 참 끈질기다. 너하고 나도 구분 못 하는 걸 너도 직접 봤잖아?"

"그야 뭐. 글을 쓰느라 헷갈린 게 아닐까."

"몰라. 그랬든지 아니든지."

"너는 사랑받기는 글렀다."

더는 대답도 하기 싫어서 밖으로 나갔다. 혹시라도 카뮈가 나를 따라올까 싶어 뒤를 살폈지만 보이지 않았다. 갈 곳은 역시 수풀밖에 없었다. 그 수풀을 지나면 있는 나의 고향을 알고 있어도 가지 못한다. 아직은.

툭툭툭 툭 툭툭 툭툭툭툭툭툭툭 툭툭툭툭 툭툭툭.

집으로 돌아가자 자판을 치는 소리가 들린다. 슬리핑은 탁자에 앉아 춤을 추고 있었다. 그 춤의 성분은 뇌와 손가락뿐이지만 충분하다. 저렇게 쓸 수 있는데 왜 첫 문장에는 두려움을 가진 것일까. 꿈에서 들은 그의 말이 떠올랐지만 첫 문장을 내가 썼든 아니든 자신의 글에 책임을 져야 한다는 건 마찬가지다. 슬리핑은 나를 원한 적이 없다. 고양이라는 존재를 원한 적도 없다. 그저 나의 첫 문장만을 원하고 있다. 하지만 그것도 본인은 모르고 있다. 꿈속에서 내 몸을 잡고 끈질기게 놓지 않았던 그 손의 악력은 잡히지 않는 어린 시절의 꿈의 끝자락이었을까. 일어나기 싫은데 깨우던 억센 부모님의 손길이었을까. 덜덜 떠는 아이를 강하게 키우기 위해 했던 행동이 그 아이에게는 그저 눈앞에 보이는 몇 가지도 되지 않는 사물에 집착하게 되는 이상한 시간이 되었을까. 비겁하지만 내 결론은 또 모르겠다, 였다.

"영감."

툭툭, 거리던 슬리핑이 갑자기 손을 멈추고 나를 빤히 바라본다. 어쩐지 불안해진다. 심장이 빨리 뛴다. 도무지 무슨 말을 하려는 걸까. 그냥 심심해서 날 불러본 걸까.

"네 이름을 영감이라고 짓기를 잘한 거 같다."

독백도 아니고 그렇다고 고백도 아니다.

"꿈속에서 영감을 얻고 영감이란 고양이도 꿈 밖에 있으니. 역시 나는 글을 쓰기 위해 태어난 거야."

혼자 실실 웃더니 다시 툭툭, 거리기 시작했다.

영감, 이라고 부를 때마다 묘한 압박감이 든다. 처음에는 그저 듣기 싫은 정도였는데 어느 순간부터 첫 문장을 써내라는 명령으로 둔갑해버렸다. 아니면 내가 첫 문장에 나도 모르게 집착이라도 생긴 걸까. 그래서 나는 오늘 밤에도 몰래 첫 문장을 쓰게 될까.

카뮈와 니들

"안녕."

창가에 니들이 앉아 있다. 나는 깜짝 놀랐다. 니들이 2층으로 내려온 건 처음이다.

"니들."

"잠시 얘기 좀 할 수 있어?"

슬리핑은 자고 있다.

"무슨 일이 있어?"

"그런 건 아니고."

니들의 표정은 말과는 달리 심란해 보였다.

"밖으로 갈래?"

니들은 바로 고개를 저었다.

"금방 가봐야 해. 예약이 있어."

“아.”

“저기. 일 층에 사는 카뮈를 알아?”

“응. 몇 번 얘기해 봤어.”

그 사이에 결국 카뮈는 니들에게 고백을 해버렸나.

“어떤 애야? 난 한 번도 말을 해본 적이 없어서.”

그럼 고백은 고사하고 가벼운 인사 정도도 안 해 봤나. 그런
데 왜 갑자기 카뮈에 대해 말을 꺼낸 걸까. 나는 카뮈를 좋아
하지 않지만 니들에 대한 마음은 알고 있어서 어떻게 대답을
해야 할시 순산 머리가 복잡해졌다.

“나도 잘은 몰라. 그냥 별 의미 없는 인사 정도였어.”

“있지. 카뮈라는 애가 날 염탐하는 것 같아.”

“어떻게?”

“처음에는 그냥 창가에 종종 얼굴이 보여서 그런가 보다 했
는데 나만 보면 도망가듯이 가버려.”

할 수 없다. 반은 카뮈가 멍청한 탓이고 반은 니들의 걱정을
덜어주고 싶은 마음이 섞여버렸다.

“아주 이상한 놈은 아닌 것 같던데. 집사가 여행을 가서 외
로운 거 아닐까?”

“그냥 내가 예민한 건가.”

“저, 혹시 널 좋아하는 건 아닐까?”

“설마.”

니들의 표정이 조금 더 어두워졌다. 미안하지만 카뮈의 고백

은 역시 말리는 게 낫겠다.

"야. 카뮈."

나는 일 분을 대강 가늠하다 처음으로 일 층으로 내려갔다. 카뮈가 없다. 혹시라도 나와 니들이 얘기한 걸 듣고 절망해서 어디론가 숨어버린 걸까. 5분을 기다리다 그냥 집으로 돌아왔다. 카뮈는 슬리핑과 거의 한몸이 되어 늘어지게 잠을 자고 있었다. 다행이기는 한데 내가 왜 이토록 화가 나는지 알 수가 없다.

"야!"

태평한 얼굴로 눈을 다 뜨지도 못하고 카뮈는 나에게 저리 가라고 손짓을 한다.

"야! 일어나!"

"아. 왜 그래?"

비틀거리며 날 따라 나온 카뮈는 잔뜩 짜증이 나 있다.

"무슨 일이냐고?"

갑자기 말문이 막힌다. 뭐라고 해야 좋을지 모르겠다. 니들에 관해서라면 머리가 잘 돌아가는 놈이다.

"그냥. 우리 집에서 그만 좀 자라고."

"뭐야? 그것 때문에 자는 사람을 깨우고 그래?"

"네가 사람이냐?"

"아. 몰라. 혹시 너 사실은 네 집사가 날 예뻐하니까 질투가 난 거 아니야?"

"또 같은 소리냐?"

그래. 차라리 그렇게 생각하는 것이 낫다. 하지만 질투라니. 속이 갑갑하다.

"그냥 네 마음대로 생각해. 아무튼. 너는 네 집으로 가서 자."

"싫어. 네 집사랑 자면 잠이 잘 온다고."

하품을 늘어지게 하며 다시 슬리핑 곁으로 가는 카뮈를 보며 한숨이 나왔다. 카뮈까지 있으니 글을 읽을 수도 없다. 공기 중에 잠이 내뿜는 이산화탄소가 묵직하게 고여있나.

다음 날, 아침의 풍경은 전날과 똑같았다. 슬리핑과 카뮈는 연인처럼 뒤엉켜 여전히 잠을 자고 있다. 지겹다. 잠도, 글도. 여기도.

늦은 밤. 난 탁자 위에서 글을 읽고 있었다. 그리고 첫 문장의 한 단어를 치려던 순간이었다.

"풀루."

나는 소스라치게 놀라 탁자 아래로 재빠르게 내려왔다.

"미안. 놀라게 해서."

니들이었다.

"아. 왔어?"

니들은 날 언제부터 보고 있었을까. 내가 글자를 읽는다는 건 말했지만 글을 쓰고 있다는 것은 도무지 엄두가 나지 않아 말하지 못했다. 혹시 니들은 그것마저 알고 있을까.

"오늘 일이 빨리 끝나서."

"응."

그 순간 나는 카뮈의 꼬리를 순간적으로 창턱에서 봤다.

"니들. 잠시만."

나는 일 층으로 뛰어 내려가 집으로 들어가려는 카뮈를 잡았다.

"야!"

고개를 돌린 카뮈의 얼굴은 화가 잔뜩 나 있었다.

"너는 거짓말을 했구나. 니들이랑 같이 있잖아. 이건 배신이야."

"니들이 어디를 가든, 누구랑 이야기를 하든지 자유 아니야?"

카뮈는 여전히 입술이 툭 튀어나와 있다.

"누군가가 널 몰래 지켜본다고 생각해봐. 얼마나 불편할지."

"니들이 그렇게 말해?"

"꼭 말을 해야만 아냐?"

"그냥 몇 번 본 거야."

"약속해. 다시는 니들을 엿보지 않겠다고. 차라리 자연스럽게 인사를 해."

“어떻게?”

“그건 네가 알아서 해.”

“알았다.”

아마 카뮈는 조금 더 조심스럽게 니들을 또 엿볼 것이다. 하지만 나도 니들을 엿본 적이 있으니 내가 진짜 위선자일지도 모른다.

“방금 카뮈였지?”

“응. 너랑 인사하고 싶었던 모양이야.”

나는 왜 좋아하지도 않는 카뮈에 대해 이렇게 얘기를 하는 걸까.

“그럼 그냥 인사를 하면 될걸.”

“그러게. 낯을 좀 가리는가 봐.”

엉망이다. 거짓말만 진탕 늘어놓고 있는 것 같다. 차라리 카뮈와 니들이 친구라도 되면 좋겠다. 서로 다치지 않게. 나는 하지 못 하는 친구. 그리고 연인이 된다면 나는 말릴 어떤 자격도 없다.

슬리핑의 일탈

슬리핑이 침대 위에서 여자와 뒹굴고 있다. 여자는 슬리핑의 몸에 매달려 마치 고양이 같은 소리를 내며 눈을 감았다가 뜨는 것을 반복하고 슬리핑은 그 여자를 유연한 몸짓으로 지배했다가 놔줬다가를 반복하고 있다. 글은 다 잊은 모양이다. 냄새가 나던 머리는 어느새 지독한 남성용 향수로 코가 막힐 정도다. 불쾌한 인공의 냄새다. 괘씸하다. 글이 한창 달리고 있는데 갑자기 무슨 애정 행각을 벌이고 있는지 모르겠다. 게다가 여자는 그 와중에도 날 째려보고 있다.

"아. 어쩐지 신경 쓰여. 저 고양이 좀 밖으로 내보내 줘요."

그 말 한마디에 슬리핑이 나를 향해 소리를 친다.

"저리 가!"

나는 밖으로 나오며 다시는 슬리핑의 첫 문장을 써주지 않겠다고 결심했다. 후련하다. 그래. 그만큼 했으면 됐다. 한낱 고양이에게 첫 문장을 맡긴 줄도 모르는 인간. 나의 긴장감은 무너졌다. 아니, 자유로워졌다. 애정은 없었지만 안타까웠던 일말의 마음과 글에 대한 나의 욕구와 슬리핑을 도와주라는 그 꿈이 아니었다면 어차피 여기까지 오지도 않을 일이었다. 그래. 속이 아주 시원하다. 하지만 한편 서글퍼지는 기분은 스멀거리며 내 안에 퍼졌다. 억지로 절필을 당한 작가의 처지가 된 것 같았다. 어떤 사고도 안 쳤는데 그저 이유도 모르게 내 쳐진 기분은 도무지 진정이 되지 않았다.

"야."

카뮈다.

"뭘 그리 넋을 놓고 있냐?"

"그냥."

"몇 번을 불러도 모르던데."

"내가?"

갑자기 카뮈는 킥킥대며 웃었다.

"낮잠 좀 자려고 갔다가 봤지."

"뭘?"

"네 집사와 여자."

"난 몰라. 넌 남의 사생활을 침범하는 재주는 제대로 타고난 것 같다."

“화가 난 것 같은데?”

“내가 왜?”

“네 집사가 여자랑 있으니까.”

“상관없어. 관심도 없고. 도무지 몇 번을 말해야 해?”

“진심이야?”

도무지 이놈은 눈치가 없다. 게다가 끈질기다.

“넌 내가 만만하지?”

“딱히 그런 건 아닌데.”

“너는 태도부터 고쳐. 발루노.”

“괜히 말 돌리지 마. 너도 실은 심심한 주제에.”

더는 못 참고 나는 소리를 질렀다.

“저리 가!”

슬리핑이 내게 소리를 치던 그대로 말했다.

“왜 그렇게 화를 내냐?”

“저리 가버리라고!”

카뮈는 내 험한 기색에 고개를 저으며 사라졌다.

갈 곳이 없다. 아니. 있기는 하다. 하지만 지금 이 기분으로
는 갈 수가 없다. 시간이 더디다. 글자를 읽고 싶어지는 자신
이 싫다. 무의식적으로 첫 문장을 생각하는 것은 더 견디기가
어렵다. 나는 어쩌면 첫 문장에 갇혀 버린 건 아닐까. 나야말로
활자에 중독된 것이 아닐까. 몇 번이고 했던 생각을 다시 하

게 된다. 책. 이라는 거대한 창고의 문마다 서 있는 첫 번째 문지기가 되어 버린 것 같다. 아직 열리지 않은 문들 앞에서 자물쇠를 들고 있는 노심초사하는, 급여는 전혀 없고 잠자리와 기본 식량만으로 만족해야 하는 숨겨진 노예 같다. 나는 이미 열린 창고의 키를 Deleate,를 쭉 늘려 다시 완전히 없애버리고 등에 메고 있는 자물쇠들은 어디엔가 버리면 그만이다. 그럼 슬리핑은 미쳐버릴까. 혹시 내가 더 돌아버리는 게 아닐까. 그러면 책, 이라는 창고는 허물어지고 잔해조차 남겨지지 않을 것이다. 잿더미 한 줌도 없이 완전히 소멸이 되고 말 것이다. 원래 아예 존재조차 하지 않았던 것처럼. 나는 그걸 충분히 할 수가 있다. 한 번의 작정한 손놀림으로. 물론, 슬리핑의 뇌에는 자신의 이야기가 저장되어 있으니 다시 시작은 할 수 있을지 모른다. 하지만 자신이 쓴 문장이라도 완벽하게 똑같이 복기하기는 불가능하다. 24시간을 지켜보지는 않아 확신할 수는 없지만 슬리핑이 USB를 노트북에 연결하는 모습을 본 적이 없다. 게으른 인간. 한심한 인간. 느긋한 인간. 예전보다 잠을 자는 시간이 조금 줄기는 했어도 이제는 여자와 놀아나느라 정신이 없는 인간. 그리고 첫 문장을 쓴 나에게 저리 가라고 소리를 쳤던 인간.

나는 공원의 수풀 사이에서 졸다 깨기를 반복하다 다음 날 아침이 훌쩍 지난 시간 집으로 들어갔다. 여자는 없고 그 대신에 같이 붙어 잠들어 있는 카뮈와 슬리핑이 보였다. 나는 3층으로 올라갔다.

"니들."

"물루."

"부탁이 있어."

탈지면을 정리하던 니들이 동작을 멈췄다.

"뭔데?"

"어깨가 너무 아파서."

니들은 말없이 고게를 끄덕였다. 내 어깨에 비늘이 잠시 들어왔다 나갔다.

"무슨 일이 있어?"

오묘한 눈동자가 한참 날 바라본다.

"없어. 그냥 좀 마음이 자꾸 가라앉아."

"잠은 좀 잘 자는 거야?"

"아니. 원래 잠이 좀 없는 편이기도 하고."

"잘 자야 해. 물루."

"응."

"잠이 안 오면 나는 양을 세. 너도 한번 해 봐."

"인간들처럼?"

"응."

니들의 말이 귀여워 웃고 만다. 그리고 뭉친 내 어깨도 서서히 풀려가고 있다.

일 년과 이틀

비가 내리면 책들이 눅눅해진다. 대신 종이의 냄새들은 강하게 풍기기 시작한다.

"물루."

나를 부르는 그 음성 결으로 가서 몸을 기댔다.

"너는 고양이가 아닐지도 몰라."

나는 내가 고양이인지도 몰랐다.

"고양이는 물을 싫어하는데 비만 오면 좋아하네."

아. 나는 고양이고 고양이들은 물을 싫어하는구나.

비가 오는 창가에서 나란히 집사와 나는 비를 바라본다. 그는 내 목덜미를 살살 어루만지고 나는 그 손길이 좋아 자꾸 눈이 감기곤 했다. 비가 내리는 날은 중고 책을 사러 오는 사람들이 거의 없다. 책이 비에 젖을까 봐 조심스러워서 그런 걸까. 아니면 우리처럼 창가에서 빗소리를 들으며 바라보다 책을 사러 가는 것도 잊었을까. 어쨌든 나는 그와 둘이 있는 시간이 좋았다. 눈을 뜨고 처음 본 얼굴과 들은 음성과 접촉의 순간은 특별한 것이었다. 그것이 세상과 처음으로 마주하는 느낌이니 나는 운이 좋았다. 그를 만나기 전의 기억은 없다. 세상이 무언지도 모르는 상태에서 처음 맞닥뜨린 시선이 불쾌함이나 귀찮음이나 내 존재 자체를 무시했다면 그것을 세상 전체가 나를 부정한다고 본능적으로 느낄 수밖에 없을 테니. 그래서 나는 그를 사랑한다. 종종 사다리를 타고 위에 있는 책들을 정리할 때마다 불안했고 그가 다시 내려오면 안도했다. 종종 기침이 심해져 분홍색의 물약을 떨리는 손으로 들이킬 때마다 털이 곤두서고 기침이 멈추면 심장 박동이 다시 제자리를 찾았다. 종종 문을 벌컥 열고 들어와서 온 책을 휘젓다 나가는 사람들을 볼 때마다 화가 났고 차분하게 다시 책의 배열을 하는 그의 손을 보는 것이 좋았다. 종종 문을 잠그고 짧은 외출을 할 때마다 문가에서 떠나지를 않았고 금세 돌아와 내 머리를 쓰다듬어 주면 행복했다. 종종 그가 듣는 음악들을 줄줄이 외웠고 새로운 음악들이 들리면 귀를 세우고 집중했다. 종종 조심스러운 손길로 나를 씻겨주면 노곤해지고 그 이후에 낮잠을 자는 것을 좋아했다. 수북한 책들의 지붕이 내 최고의 놀이터였고 내게서 떨어진 털을 치우면서도 그는 단 한 번도 화를 내지 않았다. 한겨울에 눈이 내리면 비가 내릴 때처럼 같이 나란히 세상을 바라봤다. 소리도 없이 하늘에서 떨어지는 하얀 색의 덩어리들은 날 흥분시켰다. 그 신기하고 신비스러운 장면에 홀딱 반해 넋을 놓고 바라보는 내 등에는 폭신한 담요가 살짝 얹어졌다. 이 집은 나의 집이다. 그와 나만의 집이자 책들의 은신처였다. 버려진 것들이 사랑받는 곳이다. 버려진 기억이 사라지는 곳이다. 버린 주체들을 비웃지도 않으면서 무사할 수 있는 곳이다. 각자의 사연들이 다르면서도 하나의 공간에서 사이좋게 공존하는 곳이다. 천천히 활자 하나하나를 발음해주던 밤의 시간은 영원을 품고 차분히 흐른다. 강요 하나 없이 배우며 익혀지는 글자들의 모양은 내 것이 되고 절대적인 기억의 범주 안으로 포용 된다. 그렇게 자연스레 온 것들은 그가 말하는 영원, 일지도 모른다. 의미를 설명해주는 것보다 그저 직접적으로 느끼게 해주는 것. 모든 시선과 촉감마다 스며있는 한결같은 빛의 감도. 무언의 작은 행동들 안에 들어있는 온기라는 심지. 그리고 그는 내가 알기를 바라지 않았겠지만 깨닫게 된 걱정, 이라는 감정.

어느 날부터 그는 같은 음악만 들었다. 손님이 오면 볼륨을 줄이기는 했지만. 그것이 그의 기침 소리를 숨기기 위한 하나와 또 하나는 생의 막바지를 잘 받아드리려고 했던 것이었던 같다. 그 음악은 비발디의 사계 중 겨울. 기침이 심한 날이면 1악장이 흐르고, 기침이 덜해지면 노곤해지면 부드럽고 향수가 가득한 2악장이 흐르고, 그리고 밤에는 늘 3악장이었다. 1악장과 2악장이 섞인 것 같은.

"괜찮아. 물루."
"걱정하지 마."
"절대 기죽지 마."
"살아있는 건 축복이야. 그리고 죽음도 축복이고. 너를 조금 더 빨리 만났다면 얼마나 좋았을까. 그래도 우리는 만났잖아. 우연일지도 모르지만, 너는 기억을 못 하겠지만 넌 내가 제일 좋아하는 책 위에 올라갔어. 그래서 넌 장 그르니에의 물루인 동시에 나의 물루야. 그 이름을 자랑스럽게 여기면 좋겠다. 어느 날, 내가 갑자기 사라져도 너무 슬퍼하지 말고. 영원, 을 떠올려. 그리고 버려. 그리고 절대 너의 영혼을 지켜."

일 년이 지나고 이틀을 간신히 채우고 그는 영원으로 가버렸다. 하나의 존재가 하나의 생을 마칠 때는 아무도 박수를 쳐주지 않는다. 그러니 생의 마지막 순간에 어울리는 음악 같은 건 없을지도 모른다. 점점 차가워지고 굳어지는 내 집사의 몸에 난 온몸을 비벼대면서도 이미 알고 있었다. 이제 그의 집은 영원이다. 어쩌면 그는 영원을 향해 가기 전에 나를 위해 지상의 시간을 조금 더 버렸을지도 모른다. 고양이는 인간의

시간보다 일곱 배는 더 빠르게 시간을 먹으니까. 그러니 내게
는 일 년과 이틀은 7년과 14일이다. 내가 영원으로 가는 날은
얼마나 남았을까. 지금 당장이라도 영원으로 가고 싶다. 그는
내 세상의 전부니까.

슬리핑의 다른 잠

인간에게 잠을 자는 건 그저 잠, 이 아니었다. 슬리핑은 처음 여자를 데려온 후로 글도 쓰지 않고 매번 다른 여자와 잠을 잤다. 매번 얼굴도, 몸집도, 머리카락 색도 다른 그 여자들은 그 더러운 소파도 침대도 아닌 곳에서 아무렇지도 않게 슬리핑과 뒤엉켰다. 한 번은 슬리핑이 망가뜨린 뾰족한 탁자 모서리에 허리가 부딪힌 여자가 소리를 질렀다. 어지간히 아팠는지 그 여자는 짜증을 내면서도 슬리핑의 품 안으로 다시 들어갔다. 대부분의 이름이 없는 여자들은 날 싫어했다. 그건 나도 마찬가지다. 하나의 욕망이 커지면 다른 욕망은 없어지는 걸까. 욕망들은 같이 존재하기는 어려운 걸까. 아니, 하나의 욕망을 쉬게 하려고 다른 욕망들이 태어나는 걸까. 진짜 욕망을 위해 부수적인 것들이 필요한 것일까. 인간들은 동물에 대해서는 교

미, 라는 말을 쓴다는 것도 얼핏 알고는 있다. 하지만 이상하
게도 나는 그런 욕망이 없다. 그게 다행인지 아닌지에 대해서
도 고심하지 않는다. 그래서 더 슬리핑의 행위가 불편한 걸까.
아니면 저리 가, 라는 말이 내내 속상한 걸까.

　작정은 없었어도 나도 실은 슬리핑을 이용했다. 나의 그리
움을 집어넣었다. 나의 애도를 슬쩍 넣었다. 애도는 살아있는
존재들의 몫이다. 애정과 애도는 한 몸이다. 애정이 없으면 애
도도 없다. 애도의 가장 중요한 성분은 사랑이다. 나는 그것을
안다. 그는 말보다 행동으로 나에게 사랑을 보여주었다. 게다
가 슬리핑도 그의 오랜 지인이니 애도를 해도 되는 것 아닌가.
그리고 나는 긴 문장은 쓸 수 없으니 나머지는 슬리핑의 선택
이다. 하지만 계속 이런 상태라면, 이대로 글이 멈춰버리면 애
도의 꼬리는 잘려나가고 말 것이다. 그러면 작정이고 이용이
고 다 그냥 붕 떠버리는 것이다. 슬리핑은 내 첫 문장을 자신
이 썼다고 믿고 있으니 내가 첫 문장에 불어넣은 공기 지침서
를 따를 수밖에 없다는 것도 모르고 있다는 건 분명한데 날이
지날수록 부풀기만 하는 기묘한 초초감과 슬리핑에 대한 원망
으로 아무리 양을 세 봐도 잠을 잘 수가 없다.

　거의 보름 정도가 지나자 여자들은 사라지고 슬리핑은 다시
탁자 앞에 앉았다. 슬리핑이 다시 머리를 쥐어뜯고 깊은 한숨

을 쉬고 있다. 당연한 일이다. 그렇게나 글을 내팽개치고 놀더니 글의 흐름에 바로 집중할 수가 있을까. 간절한 마음이 있어도, 절박하다고 또다시 엄한 탁자 모서리나 박살을 내도, 수천 년을 잠을 자도 가질 수 없는 것이 있다. 첫 문장. 그걸 내가 가지고 있다. 그것만이 나의 무기이다. 그리고 다시 지구력을 가지기 위해서는 내가 할 수 있는 일은 없다. 그것만은 자신이 다시 익혀야 한다. 글을 좀 잘 써진다고 스스로 천재 같다는 말이나 지껄이는 대신에 침묵해야 했다. 어쩌면 소설의 신이 ㄱ 말을 듣고 슬리핑을 시험하기 위해 여사들을 보냈는지도 모른다. 그 가벼운 덫에 제대로 걸려들었다 이제야 쩔쩔매는 슬리핑에게는 일말의 동정심도 들지 않는다.

"영감이 필요해."

슬리핑은 노트북 앞에서 물러나 이불 속으로 들어가 버렸다. 너무나 익숙한 장면이 또다시 반복이다.

글을 쓰려면 단절해야 할 것들이 있다. 글 속의 인물들과 얘기를 하는데 집중해야 한다. 현실의 가벼운 공기에 눈을 돌리면 글은 바로 복수를 한다. 자신의 손인데도 감각이 없어져 그 혈관이 가진 배신감을 다스리지 않으면 아무리 애를 써도 소용이 없다. 하지만 슬리핑은 간신히 가진 지구력을 자신의 것이라고 굳게 저장해놨다고 믿은 채 여자들과 시간을 보냈다. 글은 오직 자신의 재능이라고 믿는 인간은 자신이 만든 무거운 왕관을 스스로 머리에 올려놓고 그 무게를 감당하지 못할 때는 허상의 왕관과 같이 바닥으로 무너질 수도 있다. 지금 슬리핑이 무슨 꿈을 꾸고 있는지 알 수 없다. 꿈에서라도 좀 반성을 하고 있는지, 습관처럼 첫 문장을 원하는지, 꿈속의 꿈에서는 첫 문장이 있어도 결국 소용없다는 생각에 곤란을 겪고 있을지 알 수 없다. 잠든 슬리핑이 그저 밉다.

창밖에는 만월이 달이 떠 있다. 계속 바라보니 눈이 아파지지만 그만둘 수가 없다. 만월의 빛의 언저리가 나 같아서. 동그란 색칠 밖으로 번져 나온 잔상이 나 같아서. 눈을 비비고 그, 달, 안에서 그를 찾아본다. 간절히. 하지만 없다. 도대체 영원은 어디에 있는 걸까.

그가 다시 꿈에 나타난다면 나는 말할 것이다.

"슬리핑은 변덕이 심해요. 그리고 당신이 알려준 이름조차도 기억하지 못해요. 그리고 무엇보다 여기에는 음악이 없어요."

잠들지 마라

　슬리핑의 글은 완전히 멈췄다. 내가 마지막으로 쓴 첫 문장 뒤에서 한 걸음도 나가지를 못했다. 그럴수록 슬리핑은 더 많이 잠을 자기 시작했다. 첫 문장을 얻기 위해서 잠을 자는 거다. 하지만 해답은 꿈속에 있는 게 아니라는 걸 언제쯤이면 인식하게 될까. 아니, 어쩌면 그럴 일이 없는 게 더 나을지도 모른다. 누구든 자신만의 착각에 기대어 살기도 하니까. 단지 내가 괴롭다. 손끝이 허전하고 털이 자꾸 빠진다. 손톱이라도 박박 긁어대면 좀 나아질지도 모른다. 하지만 여기에는 스크래쳐도 없다. 사냥 놀이를 할 마땅한 줄 하나도 없다. 올라갈 만한 빨래대 조차도 없다. 아주 가끔 세탁기를 돌리기는 해도 대강 의자에 걸어 건조시키기고 만다. 고양이를 데려오며 무심해도 이럴 수는 없다. 목욕이 하고 싶다. 털은 길어 뭉쳐 버린지 오래다. 하지만 내가 무얼 바라겠나. 저런 인간에게.

"야. 이제 집에 여자들이 없더라."
카뮈다.
"그래서?"
"그냥 그렇다고. 여자들도 이제 없는데 왜 기분이 별로냐?"
"그냥 난 늘 기분이 안 좋다고 생각해버려."
"그게 뭐야?"
"진심인데."
잠시 후에 카뮈는 정말로 하고 싶은 말을 내뱉었다.
"요즘 본 적 있어?"
나는 일부러 모른척한다.
"누구?"
"3층 말이야."
"3층?"
"니들!"
"몰라. 네가 가서 보면 될 것 아니야? 네 특기잖아."

더는 카뮈와 말하기 싫어서 나는 공원 쪽으로 달려가 수풀 속으로 몸을 숨겼다. 여기만 오면 자꾸 과거로 돌아가게 되지만 갈 곳이 없다.

그와 나의 공간은 그가 영원으로 가버리자 바로 허물어졌다. 책들은 뭉텅이로 묶여 마구 누군가에게로 던져지고 그가 올라가던 사다리는 분리되어 쓰레기 더미에 섞이고 우리가 비와 눈을 같이 바라보던 창문은 산산이 깨져버렸다. 그리고 낯선 인간들은 울어대는 내게 하나 같이 말했다. 저리 가!

그때, 중고 서점 근처에서 덜덜 떨고 있는 날 한 손으로 들어준 인간이 지금의 슬리핑이었다. 그리고 낯선 방에 나를 넣어놓고 바로 나가 삼 일이 지난 후에야 들어왔다. 문가에서 여전히 덜덜 떨고 있는 나를 한 번 보고 검은 양복 차림 그대로 거대한 침대로 들어가 거의 하루를 잤다. 그리고 여기서 나는 갑자기 영감, 이 되어버렸다.

"여기서 뭐 해?"

멍한 눈으로 고개를 들어보니 니들이 앞에 있다. 걱정스러운 얼굴이다.

"아. 니들."

"혹시 방해한 건 아니지? 오랜만에 나왔다가 네가 보여서."

"아니야. 전혀."

긴 잠에서 깨어난 듯하다. 니들은 거의 외출을 하지 않는 아이다. 우연히 나와서 나를 본 건지, 혹시라도 나를 찾아다닌 건 아닌지는 모르겠지만 눈물이 날 만큼 반가웠다.

"니들. 뭐 좀 물어봐도 돼?"

평소라면 하지 않았을 말인데 마음이 고장 났는지 튀어나오고야 만다.

"그럼. 말해."

"저, 첫 집사가 거의 잠을 자지 않았다고 했잖아? 과로사라고. 미안."

"응."

"그러면 너는 잠을 잘 자지 않는 인간들을 보면 두려워?"

니들은 몇 초가 지나고 대답했다.

"응. 솔직히 그래. 지금 집사도 잠을 많이 안 자거든. 두려워."

"나는 잠을 너무 오래 자는 인간들을 보면 두려워. 다시는 안 깨어날까 봐."

"그렇구나. 하지만 결국은 우리는 상황은 반대라도 같은 두려움을 가지고 있네."

"그러게."

"슬리핑은 요즘 어때?"

"그냥 그래. 여전히 잠을 자고. 글도 안 쓰고."

"너는 글자를 읽을 수 있다고 했잖아?"

니들은 누가 듣는 것도 아닌데 소리를 죽여 물어봤다.

"응."

"그럼 혹시 슬리핑의 글을 읽어본 적은 없어?"

너무나 난감했다. 니들은 지금 나에게는 유일한 친구인데. 거짓말을 하고 싶지는 않았지만 툭, 하고 털어놓기도 어렵다.

우선은 보류다.

"슬쩍 본 적은 있어. 하지만 제대로 읽어보진 않았어."

"와. 대단하다."

"아니야. 괜히 더 복잡하기만 할 거야."

"그래?"

"응. 조금. 괜히 타인의 속을 들여다볼까 봐 싫어."

나는 거짓말의 재능을 가졌나 보다.

"집에 가고 싶어."

니들이 말했다. 역시 니들은 그냥 나온 게 아니었다. 나와 니들은 천천히 걸어 집으로 돌아왔다. 괜히 찔리는 마음에 건물의 창력을 살폈지만 카뮈는 보이지 않았다.

슬리핑은 여전히 침대와 한몸이 되어 자고 있었다. 더는 치밀어 오르는 화를 참기 어렵다.

"니들."

나는 3층으로 올라갔다.

"어. 그새 무슨 일이 있어?"

다행히 니들의 집사는 없었다.

"그런 건 아니고. 혹시 얇은 바늘 하나만 얻을 수 있을까?"

말도 안 되는 부탁이지만 어쩔 수 없다.

"이상한데 쓸 건 아니지?"

“응. 비상용으로 갖고 있으려고.”

니들은 아무것도 묻지 않고 바늘 하나를 주었다. 나는 그 바늘을 입에 물고 고개로만 고맙다는 말을 대신하고 재빨리 내려왔다.

“앗! 뭐야?”

슬리핑의 발등에 바늘을 찔러 넣고 나는 바로 몸을 숨기며 바늘을 침대 구석에 버렸다.

슬리핑이 어기적거리며 일어나 발등을 살피고 다시 침대 위로 늘어졌다. 마음 같아서는 슬리핑의 머리에 바늘을 찔러 넣고 싶었지만 그건 나도 무섭다.

나는 몇 분이 지난 후에 다시 다른 발등에 바늘을 슬쩍 넣었다.

“아. 짜증 나. 벌레가 있나.”

머리를 긁으며 슬리핑이 드디어 일어났다. 제발 탁자로 가라. 글을 써라. 단 한 줄이라도. 놀 만큼 놀았으니 일을 해야지. 하지만 슬리핑은 냉장고 문을 열고 먹을 것을 찾기 시작했다. 몇 번을 냉장고 문을 열었다 닫았다 하다가 결국 쾅, 하고 닫아버리더니 다시 침대로 갔다. 그리고 이번에는 온몸을 더 이불 속에 파묻었다.

도대체 어떻게 해야 슬리핑이 글을 쓸 수 있을까. 나는 몇 분을 더 기다리다 침대 아래 떨어진 가느다란 바늘을 확인하고 이불 사이의 틈을 찾아야 했다. 이불로 돌돌 말고 자고 있어서 어쩔 수 없이 침대 위로 올라가며 심장이 터질 것 같았다. 이불 속 몸에서 살짝 허벅지가 보였다. 바늘을 입에 물면 숨을 쉬기 힘드니까 미리 크게 숨을 들이켜고 침대 아래로 내려가 바늘을 가져와 허연 허벅지에 찔러 넣었다. 이번에는 조금 더 강도를 높여서.

"악. 진짜 뭐야?"

효과가 있었다. 슬리핑은 허벅지를 잠시 보고 이불 속에서 나와 이불을 탈탈 털어내고 침대를 살펴보기 시작했다. 화가 단단히 나 있다. 침대 위에서는 먼지들이 마구 솟아올랐다. 창을 열고 방충망까지 열고 이불을 밖으로 털어댔다. 그리고 자신이 만든 먼지에 재채기도 하며 신경이 점점 더 곤두서있다. 벌레는 없다. 나는 현관 근처에서 몸을 숨기고 그 모든 것을 지켜보았다. 바늘을 물고 찌른 탓인지 턱이 아팠지만 그런 건 상관없다. 마치 완전 범죄를 저지른 기분이었다. 슬리핑은 한참을 방안을 탐색하다 금세 또다시 누워버렸다. 정말 징그러운 인간이다.

잠이 오지를 않는다. 마치 나의 잠까지 슬리핑이 다 가져간 듯하다. 오늘은 더는 슬리핑을 찔러댈 마음도 들지 않는다. 현관의 차가운 바닥에서 나는 슬리핑의 두툼한 등을 보며 양을 세려다가 그만두고 마음속으로 주문을 걸었다.

잠들지 마라. 잠들지 마라. 잠들지 마라. 잠들지 마라. 잠들지 마라. 잠들지 마라. 잠들지 마라. 잠들지 마라. 잠들지 마라. 잠들지 마라. 잠들지 마라. 잠들지 마라. 잠들지 마라. 잠들지 마라. 잠들지 마라. 잠들지 마라. 잠들지 마라. 잠들지 마라. 잠들지 마라. 잠들지 마라, 잠들지 마라. 잠들지 마라. 잠들지 마라. 잠들지 마라. 잠들지 마라. 잠들지 마라. 잠들지 마라.

\#바늘

카뮈의 집사가 오랜 여행을 마치고 돌아왔다. 아래층에서 카뮈가 내는 소리가 벽을 타고 창으로 올라왔다. 배를 드러내 놓고 온 감각으로 기쁨을 표현하고 있을 게 안 봐도 뻔하다.

"왜? 왜? 왜?"

그동안의 외로움을 한껏 발산하고 있는 중이다. 슬리핑에게 딱 붙어서 잠을 자고, 니들이나 엿보고, 나에게 시비만 걸던 카뮈는 어디론가 사라지고 원망과 사랑이 가득한 어린 소녀처럼 변해있다. 조금 가엽기도 하다. 하지만 끝이 나지 않는 소리에 시끄러워 죽겠다. 그 소리에 자던 슬리핑도 일어났다.

"아. 시끄러워. 도무지 잠을 잘 수가 없네."

그렇게 바늘로 찔러대고도 결국 다시 눕더니 갑자기 모자를 대충 눌러 쓰고 밖으로 나갔다.

나는 창가에서 무슨 싸움이라도 날까 봐 조마조마하면서 지켜보고 있었다. 하지만 금세 길을 걸어가는 슬리핑의 모습이 보였다. 어디로 가는지, 얼마나 있다가 올 건지 알 수는 없지만 긴장이 좀 풀어졌다. 도통 외출을 안 하니까 내가 혼자 느긋하게 있을 시간도 없다. 하지만 여기서는 느긋하기는 이미 글렀다. 슬리핑이 나간 사이에 탁자 위로 훌쩍 올라가 글을 살펴봤지만 여전히 멈춰 있었다. 참! 바늘이 생각났다. 바늘은 침대 아래 구석에 있었다. 이 바늘을 도무지 어디에 숨겨야 할지 모르겠다. 그리고 무엇보다 이 바늘이 필요하면 바로 사용할 수 있는 곳에 둬야 한다. 슬리핑의 눈에 전혀 띄지 않을 곳이 어딜까. 나는 드디어 찾아냈다. 바늘을 입에 물고 현관 턱 바로 아래에 바늘을 직선의 선을 따라 나란히 놓았다. 청소도 전혀 안 하는 슬리핑이 발견할 일은 없을 것이다. 그때. 현관문이 갑자기 열렸다.

"영감, 날 기다리고 있었나?"

슬리핑은 비닐봉지에서 이것저것 꺼내 냉장고에 대강 넣고 바지 주머니에서 무언가를 꺼내 발과 허벅지에 바르더니 허공에 대고 무슨 액체들을 뿌려댔다.

"이놈의 벌레들. 다 죽어라."

진짜 벌레는 없다. 바늘이 있고 내가 있다. 그리고 착각 속에 사는 한 인간이 있을 뿐이다.

슬리핑은 또 자고 있다.

변덕스러운 근성, 편히 잠들 수 없던 오래된 과거, 팔리지 않았던 첫 책들, 불이 꺼지지 않는 노트북. 차라리 슬리핑의 꿈속으로 들어가 봤으면 좋겠다. 그곳에는 문장이 되지 않은 모음과 자음들이 춤추고 있을까. 한적하게 의자에 앉아 가느다란 낚싯줄을 물속에 넣고 문장을 건져 올리기를 바라며 연신 하품을 하고 있을까. 그리고 무언가를 건지면 그것이 첫 문장이라고 여기는 걸까. 하지만 의심이 든다. 정말로 첫 문장을 꿈속에서 건졌다는 것이 사실이라고 해도 그 경계선에서 자신의 무의식이라는 것에 의문을 품지 않을 수 있을까. 몽유의 첫 문장들에 그렇게 빨리 적응할 수 있을까. 그것이 정신착란이라는 생각은 한 번도 해보지 않았을까. 그럼 그전의 책도 꿈에서 첫 문장을 얻었었나. 아직도 유년 시절의 결핍에 단단히 사로잡혀서 실은 헤어 나오지 못하는 건 걸까. 곤히 잠이 든 슬리핑만 보면 화가 나는 내가 잘못일지도 모른다. 나도 그 착각 속에 말려든 건지도 모른다. 하지만 나는 착각 속에서 살 수 없다. 착각은 슬리핑의 몫이지 나의 것이 아니다.

한 시간이 지나고 나는 슬리핑의 어깨를 바늘로 찔렀다.
"뭐야. 진짜."
슬리핑은 벌떡 일어났다.
글을 쓰라고! 정신 좀 차리라고! 더는 내게 바늘을 쓰게 하지 말라고!

슬리핑은 다시 한 번 벌레 퇴치 액체를 뿌리더니 창문을 활짝 열었다. 그리고 알 수도 없는 온갖 욕설들을 내뱉었다. 하지만 탁자 쪽으로는 눈길도 주지 않았다. 일부러 피하고 있는 건지도 모른다. 이상한 인간이다. 몸이 따가운 이유가 정말 벌레라고 생각했다면 창문을 활짝 열지는 않을 것이다. 있지도 않은 벌레 대신에 욕설만 창밖으로 내보내고 있는 줄도 모른다. 나는 바늘을 버리고 싶어졌다. 그래서 계속 짜증을 내는 소리로 가득한 집에서 바늘을 챙겨 나와 수풀을 향해 달려갔다. 아무리 찔러대도 결국은 자신이 움직이지 않으면 소용이 없다. 이 바늘이 누구를 위한 것인지도 모르겠다. 그러니 버리는 것이 맞다. 수풀 속에 바늘을 던졌다. 그리고 어쩐지 맥이 빠져 멍하니 앉아 있었다. 언제 다시 카뮈의 집사가 여행을 갈지는 모르겠지만 그전까지 카뮈는 행복할 것이다.

"내 집사는 여행의 천재지."

어깨를 한껏 올리며 자랑하던 카뮈가 생각난다. 이 건물에는 각기 다른 천재가 세 명이나 있는 건가. 그렇다고 치자. 하지만 가장 변덕스럽고 스스로를 천재라고 말한 슬리핑은 어쩐지 힘이 약해 보인다. 잠의 천재라면 모를까. 생각들이 멈추지 않자 몸이 점점 더 늘어진다. 혀로 몸을 핥아도 더 더러워지는 기분이 든다. 굳은살이 박여버려 아프지는 않은데 그 속살들은 신선한 공기를 원하고 있다. 따가운 것보다 가려운 것이 더 고통이다. 드러나서 추한 것들보다 숨겨짐을 강요당한 처지들이 더 난감하다. 속는 것보다 속여 버리는 게 익숙해진 다는 건 더 무섭다. 영혼 속 어딘가에 있을 양심이라는 것을 매일 들여다보는 건 옳은 일이다. 그러니 바늘을 버린 건 양심 을 지키는 일이다.

깨어난 슬리핑

늦은 밤이 되어서야 집으로 돌아오자 슬리핑은 탁자 위에 앉아 있었다. 그리고 경쾌한 소리가 들렸다. 얼마 만에 듣는 소리인가. 툭툭 툭툭툭툭툭 툭.

저렇게 빨리 자판을 치는 기분은 어떤 걸까. 내가 아무리 노력해도 인간이 아니라서 할 수 없는 것이다. 나는 처음으로 탁자 반대편으로 가서 슬리핑의 침대 위로 올라갔다. 슬리핑은 내게 눈길 한번 주지 않고 화면만 바라보며 손을 움직이고 있다. 눈가에 늘 매달려있던 잠은 거짓말처럼 사라지고 매섭기까지 한 눈매는 집중, 그 자체였다. 아주 다른 슬리핑을 보는 것 같아서 낯설었지만 기뻤다. 그렇게 몇 시간이 지나고 새벽이 되어서야 그 소리는 멈췄다. 나는 처음으로 슬리핑이 잘 자격이 있다고 혼자 인정했다. 그리고 실은 글을 읽고 싶어서 미칠 지경이었다. 문장들은 놀라웠다. 다시 글을 쓰는 건재한 슬리핑의 복귀였다. 그리고 이번에도 내 첫 문장은 고스란히 살아남아 있었다.

글을 다 읽고 나는 첫 문장을 적었다.

"물루. 너는 특별해."
그의 목소리가 들린다.
"내가 하는 말을 다 알아듣지? 나는 알고 있어. 우리의 언어가 달라도 그게 무슨 상관이야. 어차피 인간들이 하는 말의 반은 거짓말이야. 대신 우리는 거짓이 없지. 그러니까 어쩌면 말은 아무것도 아니라는 거지. 눈동자가 있고 손이 있잖아. 그거면 실은 충분한데. 신은 인간에게 너무 많은 걸 준 것 같아. 필요 이상으로. 하지만 인간들은 더 많은 것을 욕망하고 원하지. 그건 마음이 아니야. 본능도 아니야. 무엇이든 당연하다고 생각하는 순간 세상은 이상해져. 내 말도 이상할지 몰라. 하지만 물루, 이것만은 알아줘. 네가 고양이라서가 아니라 특별해서 터놓는 넋두리야. 알지?"
네. 알아요. 그립다는 말 대신에 혼자 남은 지상에서 피곤한 눈을 비벼댔다.

점점 슬리핑의 잠을 자는 시간이 줄어간다.

툭툭툭 툭툭.

　자판 소리에 또 마음이 홀린다. 상상한다. 지금 어떤 장면 속에서 있는 걸까. 서로를 모르지만 거리를 두며 한바탕 위에 있는 별처럼 기거하고 있다. 나는 종이 냄새를 맡고 싶다. 종이들 속에서 살았던 습성을 해소할 방법이 없다. 이상하게 슬리핑은 한 권의 책도 가지고 있지 않았다. 기묘한 일이다. 적어도 어딘가에는 팔리지 않은 책 두 권은 있을 법도 한데. 전혀 없다. 책들로 가득 찬 공간에서 살던 나는 이 공간이 그저 허전하고 삭막했다. 그럴 때면 수풀에 가서 나무의 냄새를 맡기는 하지만 부족하다. 무엇보다 슬리핑은 소모품 이외에는 어떤 것도 집에 들이지 않았다. 니들의 집에는 책이 있을까. 하지만 니들의 집에는 늘 인간들이 수시로 들락거리니 우선 접고. 그래. 카뮈의 집에는 들어가 본 적은 없어도 분명 책이 있을 것이다. 카뮈의 집사는 여행 작가니까. 카뮈의 집사가 집에 있다는 걸 알면서도 나는 내 욕망을 참지 못하고 아래층으로 내려갔다. 열린 창에서 안을 조심스레 살펴보니 카뮈의 집사와 카뮈는 거실 소파에서 곤히 잠을 자고 있었다. 자신의 집사가 여행 책을 냈다고 그렇게 자랑했으니 분명 책은 있을 것이다. 좀 망설이다 나는 창턱을 넘어 안으로 들어갔다. 창가에서 좀처럼 벗어나지 못한 채 나는 모든 신경을 후각에 집중했다. 오직 바라는 것은 책의. 종이의 냄새다. 깊게 잠이 든 그들을 지나 왼쪽에 있는 방으로 들어갔다. 한 발자국을 더 갈수록 내가 원하는 냄새가 났다. 크지는 않았지만 책장에는 책들이 가득 차 있었다. 그리고 그 아래에 열려진 종이박스가 있었다. 책이다. 제목은 중요하지 않았다. 나는 미친 듯이 박스에 머리를 박고 냄새를 맡고, 흡수하고, 씹고, 음미했다. 결핍된 공기를 보충하듯이, 막 감옥에서 출감한 죄수처럼, 건조하다 못해 갈라진 땅이 단비를 맞듯이, 오래 그리워했지만 만나지 못했던 친구를 드디어 마주하고 할 말을 잊은 입술처럼. 나는 긴장감도 어디론가 치워버리고 그 냄새에 정신을 놓고 말았다.

"이제 일어나야지. 카뮈."

그 말에 나는 우선 방문 뒤로 숨었다. 내 심장 박동 소리가 열린 방문 밖으로 새어나갈까 벌벌 떨면서.

"아주 늘어졌네. 그럼 조금만 더 자자."

처음으로 카뮈가 고마웠다.

나는 입수하기 전의 수영 선수처럼 한껏 책의 냄새를 들이키고 다시 잠이 든 그들을 조심스레 지나 창을 통해 밖으로 나왔다. 수풀로 달리며 배가 묵직해진 것 같다. 제대로 포식을 한 인간처럼. 하지만 체하지는 않을 것이다. 이미 코끝에 매달린 그 냄새가 벌써 공중으로 아깝게 흩어지고 있으니. 다시 채우고 싶은 욕망에 몸이 달아오른다. 낮인데도 이미 보름달을 보고 있는 밤처럼 은밀하고 고통스럽다. 욕망을 채워 줄 대상을 겨우 찾았지만 그러려면 많은 조심을 거쳐야 한다. 그러니 답

은 슬리핑이 글을 열심히 써서 책을 내는 것이다. 첫 문장은
백 개라도 바치겠다. 그러니 제발 책이 되어라.

니들의 실종

급박하게 문을 두드리는 소리가 났다. 잠을 자던 슬리핑은 귀찮은 듯이 일어났다.

"혹시 저희 고양이 보셨어요?"

목소리가 덜덜 떨리고 있다.

"고양이요?"

"네. 하얀 애인데 눈동자의 색이 다른."

"눈동자 색이 다르다고요? 모르겠는데. 언제부터 안 보이는데요?"

"거의 이틀째에요."

"뭐, 고양이들은 워낙 들락날락하니 오겠죠."

"네. 실례했습니다."

니들의 집사는 부리나케 밖으로 나갔다. 니들의 이름을 부르는 소리가 들린다. 심장이 미칠 듯이 뛰기 시작했다. 니들은 외박을 할 아이가 아니다. 나는 우선 밖으로 나갔다. 어디로 가야 할지는 모르겠지만 가까운 곳부터 살피기로 했다. 내가 자주 가던 수풀로 가봤지만 니들은 없었다. 니들이 너무 예뻐 서 어떤 인간이 납치라도 한 거라면 어떡하지. 계속 드는 불온 한 생각을 떨쳐내며 빨리 걸었다. 똑똑한 니들이 사라질 일이 없다. 수풀을 지나서 조금 더 걷자 또 다른 수풀이 나왔다. 혹 시나 하는 마음에 수풀에 발을 넣는 순간 처음 보는 고양이 무 리들이 하악거리며 오지 말라는 경고를 보냈다. 나는 얼른 그 곳을 지나쳐 달리다 보니 갑자기 세상의 소리들이 커졌다. 자 동차들이 보이고 사람들이 보이고 어지러웠다. 도대체 니들 은 어디 있는 걸까. 혹시라도 그사이에 집에 돌아왔을지도 모 른다. 나는 전속력으로 집으로 돌아와 3층의 창턱으로 올라갔 다. 하지만 3층에는 아무도 없었다. 나는 카뮈의 집으로 갔다. 밥을 먹고 있는 카뮈가 보였다.

"야."

"네가 무슨 일이냐?"

밥그릇에서 시선을 떼지 않고 귀찮다는 듯이 카뮈가 말했다.

"니들이 없어졌대."

내 말에 카뮈는 입속에 있던 것을 뱉어내고 눈이 동그랗게 커졌다.

"뭐? 왜?"

"나도 몰라. 니들의 집사가 니들을 찾던데 넌 그 소리도 못 들었냐?"

"몰라. 못 들었어."

"너, 니들을 좋아하는 건 맞아?"

내 말에 대꾸도 안 하고 카뮈는 밖으로 거의 날다시피 사라져버렸다.

나는 다시 한 번 더 3층으로 올라갔다. 여전히 상황은 똑같았다. 니들의 집사도 없으니 여전히 같은 상황이다. 니들이 자의로 혼자 길 건너편까지 갔을 일은 절대 없다. 나는 다시 밖으로 나가 공원을 살살이 살피며 걸었다. 그리고 아까 봤던 수풀을 지나며 일부러 눈길을 주지 않으려고 하던 순간에 얼핏 하얀 몸이 보였다. 문지기 같은 고양이들이 털을 세우며 화를 냈지만 나는 소리를 질렀다.

"니들? 니들?"

그러자 힘이 빠졌어도 들리는 니들의 목소리가 들렸다.

"물루."

그러자 그들은 실실 웃으며 말했다.

"저리 가!"

나 혼자 그들을 상대하기는 어렵다. 그래서 다시 수풀을 향해 달려갔다. 다행히도 바늘은 그곳에 있었다. 바늘을 입에 물고 전속력으로 달려 니들이 있는 다른 수풀로 갔다. 그리고 맨 앞에 있는 고양이들부터 찔러댔다. 최대한 빠르고 급소는 피하면서. 결국 그들은 놀라서 따로 흩어져 사라졌다.

"니들. 괜찮아?"
"물루."
니들에게 가까이 가자 니들의 하얀 눈 아래에는 긁힌 빨간 줄들이 보였다.
"집에 가자. 니들. 걸을 수 있지?"
니들이 어쩌다 이렇게 된 건지는 나중에 들으면 된다. 그저 다행이었다. 그저.

"니들!"
니들의 집사가 거의 울다시피 지르는 소리가 들렸다.
"고양이가 돌아왔나. 뭘 저렇게 난리야."
아마 슬리핑은 내가 한 달 동안 없어져도 멀쩡할 것이다. 알아차리지 못할지도 모른다. 아니면 시간이 지나 고양이가 없어졌네, 하겠지. 그러다 영감을 외치며 잠을 자고 일어나 툭툭, 거리다 머리를 긁어대고 또 침대 속으로 귀환하겠지.

"야."
창턱에 카뮈가 있다.
"니들이 돌아왔대."
내가 아무런 말도 하지 않자 카뮈는 조금 더 큰 소리로 말했다.

“니들이 돌아왔다고!”

“나도 알아.”

“얼마나 걱정을 했는지 머리가 다 아프다.”

“넌 제대로 니들을 찾아보기는 했냐?”

“뭐?”

“됐다.”

“뭐가 됐다는 건데? 그리고 너는 왜 나한테는 그렇게 매번 화를 내냐?”

“제일 나쁜 게 뭔 줄 알아? 무례하면서 자신이 필요할 때만 징징대는 거야.”

“그게 무슨 소리야?”

“좀 혼자 생각이라는 걸 해봐. 우선은 네 말투에 대해서.”

실은 좀 후회했다. 심한 말을 해버렸다. 필요 이상으로. 하지만 카뮈는 어미는 늘, 냐, 이다. 나도 마찬가지지만. 말투의 문제라고만 생각하면 그만이지만 계속 거슬렸다. 나를 여자로 안 보는 건 좋은데 틱틱, 거리는 그 말투는 기분이 좋지 않다. 니들을 찾았다는 마음에 긴장감이 풀리면서 동시에 이상하게 화가 나서 견딜 수가 없었다.

“내가 생각이 없다는 거냐?”

“생각이 없지. 내가 방금 말했잖아. 너의 말투가 거슬린다고.”

“무슨 말인지 잘 모르겠네. 그저 화풀이를 하는 것 같은데.”

그럴지도 모른다. 그렇게 서로 거슬리는데 왜 같이 얘기를 하고 있나 싶다.

“네 집사도 집에 왔는데.”

“응? 그렇지.”

“네 집사한테나 가봐.”

하지만 꿈쩍도 안 하고 말도 없다. 도무지 알 수가 없다.

“나는 간다.”

“어디를?”

“몰라.”

보통 이 정도면 물러날 듯도 한데 방법이 없다. 나는 카뮈가 올라온 창을 타고 내려갔다. 최대한 몸이 닿지 않게.

나는 다시 니들을 발견했던 수풀로 달려갔다. 흩어졌던 그들은 다시 뭉쳐 있었다. 그리고 나를 보자 경계심과 공포심을 노골적으로 드러냈다.

“너희들을 해치러 온 게 아니야. 좀 물어볼 게 있어서 온 거야.”

내 말에 그들은 더 긴장을 바짝 세웠다.

“왜 하얀 아이를 공격한 거야?”

아무도 입을 열지 않았다.

“눈동자 색이 다르잖아.”

그들 중에 가장 어려 보이는 고양이가 말을 했다. 그러자 다른 고양이들이 어린 고양이를 뒤로 숨기며 시퍼런 눈동자를 드러냈다.

"그게 너희들에게 무슨 상관인데? 너희가 사는데 어떤 피해라도 줬어?"

그들은 약속이라도 한 듯이 침묵했다.

조금 더 고상할 수도 있는데 나는 막말을 던졌다.

"다시 그 애를 건드리면 아예 죽여 버릴 수도 있으니 조심해! 그리고 그렇게 살지 마라."

그들에게 돌아서며 오며 속이 후련했다.

요상한 콜라보

"니들."

니들이 놀랄까 봐 작은 소리로 이름을 부르자 니들이 내게 빨리 달려왔다. 니들의 하얀 얼굴에, 눈 아래 빨간 줄이 그어 져 있었다. 다행히 상처는 깊어 보이지 않았다.

"물루."

"괜찮아?"

"응. 그날은 고맙다고 제대로 인사도 못 했어."

"어떻게 된 일이야? 너는 외출도 거의 안 하잖아."

"집사가 외출을 했는데 기다려도 돌아오질 않아서 밖으로 나갔다가 갑자기 모르는 애들에게 잡혔어."

"다른 데는 다치진 않았어?"

"응. 역시 난 밖으로 혼자 나가는 건 무리인가 봐."

“그렇게 생각하지 마. 그 애들이 나쁜 거지. 너는 잘못이 없
어. 혹시라도 무서우면 내가 같이 나가줄게.”
“그런데 바늘은 어떻게?”
“우리는 무사할 운명이었던 거지. 그리고 그건 원래 네 바
늘이잖아.”
니들의 집사가 문을 여는 소리가 들렸다.
“나, 갈게.”
“응. 고마워. 물루. 우리라고 말해줘서.”

슬리핑은 잠들어 있었다. 카뮈도 집으로 돌아갔는지 조용하
다. 고요한 오후다. 니들 네도 조용하다. 어쩐지 세상에 나 혼
자만 남은 것 같다. 탁자 아래에서 몸을 웅크리고 슬리핑의 등
을 보자 갑자기 물음표가 하나 튀어나왔다. 슬리핑은 직업이
없는 걸까. 사치는 부리지 않지만 일을 하지 않고 어떻게 먹고
사는 걸까. 첫 책이 망했다는 건 이미 알고 있고 이번 글이 책
으로 나온다고 해도 인세로 먹고살기는 힘든 게 작가, 라는 직
업이다. 하지만 내가 어떻게 해줄 일도 아니다. 그저 열심히 글
을 쓰기만 바랄 뿐이다.

중고 서점에서도 몇 푼 벌어보겠다고 온 인간들도 선뜻 품
안에서 책을 내놓지 못하는 경우도 종종 있었다. 그럴 때면 그
는 책을 사지 않겠다고 정중히 거절하고는 했다. 상대방이 민

망하지 않게 거짓말을 할 때도 있었다. 그 책은 절판이 된 거
니 간직하는 게 더 나을 것 같다느니, 혹은 재고량이 많아 받
을 수 없다고. 그러면 그들은 다시 품에 책을 안고 돌아갔다.

　다시 슬리핑의 글을 처음부터 읽다가 맨 처음 문장을 슬쩍
바꿔버렸다. 그걸 슬리핑이 언제 발견할지는 모르겠지만. 언
젠가는 깨닫게 된다 해도 나를 탓할 염려는 없다. 그러니 역시
이상한 콜라보다. 머리를 맞대고 같이 써 내려가는 글이 아니
다. 존재조차 모르는 조력자와 같은 공간에서 살면서, 노든 길
들켜버리고도, 첫 문장도 못 쓰면서, 걱정에 가득 찬 니들의
집사에게 태연하게 말하던 무심함이 결례라는 것도 모르면서,
그리고 고양이에게는 마늘이 나쁜 음식이라는 것도 몰라서 간
식이라며 썩어가던 마늘을 던지기나 하면서.

　인간들은 미워한다는 것도 애정의 일종이라고 생각할지 모
르겠지만 그건 일말의 추억이라도 있을 때의 이야기다. 나와
슬리핑은 추억이 없다. 단 한 번이라도 같이 산책을 나간 적도
없고, 비가 오는 창가에서 내리는 빗방울을 같이 본 적이 없고,
기분 나쁜 이름으로 나를 부르고, 음악을 듣는 법이 절대 없고,
글을 쓴다는 인간이 소유한 책들도 없다. 그러면 나는 슬리핑
에 대해 무얼 바라는 것일까.

간신히 새벽에 잠이 들자마자 교대를 하듯이 툭툭, 하는 슬리핑의 손가락이 움직이는 소리가 들렸다.

자판 소리는 거의 아침이 올 때까지 계속되었다. 슬리핑이 미쳤나. 아니면 정신을 다시 제대로 차렸나. 소설의 신이 용서를 하고 다시 기회를 준 것일까. 나는 숨을 죽이고 그 모습을 바라본다. 잠은 이미 달아나고 없었다.

슬리핑이 앉아있는 탁자 근처에서 글자가 빽빽한 종이들이 날리고 있다. 종이들은 새로운 종이가 채워지기 무섭게 순서대로 허공으로 떠올라 동그란 원을 그리다가 계단의 모양이 되기도 하고 시소의 모양을 만들어내기도 하고 뭉쳤다 흩어지기를 반복하고 있다. 그러다 노란색의 음표 모양으로 한참 멈춰 있었다. 나는 넋을 잃고 노란 음표를 바라본다. 음악이 들린다. 익숙하고 그리웠던. 격정적인 순간들이 이어진 연주 부분만 되풀이되듯이 계속 반복된다. 힘차게 종이가 쌓일수록 음표의 노란색은 선명해지고 음악은 고조에서 춤을 춘다. 알고 있다. 지금 내가 보는 것이 현실이 아닌 나의 마음에서 보고 싶은 것들의 상상이라는 것을. 하지만 상관없다. 내가 무엇을 상상하든, 그리워하든, 보고 싶어 하든 내 자유다. 현재를 정확하게 인식하고 있는 상상은 아프기도 하지만 수시로 다가온다. 그 사이의 낙차는 매번 각오를 뒤늦게 하게 마련이지만 어차피 멈춰지지가 않는다. 노란색의 음표는 고갈된 음악에 대한 나의 결핍이 만들어내고 그것이 영영 결빙되지 않는 한은 계속될 것이다.

툭툭툭툭툭툭툭 툭툭 툭툭툭툭 툭툭 툭 툭툭툭.

슬리핑은 엄청난 양의 글을 써놓았다. 그리고 지금은 죽은 듯이 잠을 자고 있다. 나는 글을 읽을 줄은 알지만 사실 아주 빨리 인간처럼 술술 읽을 수는 없다. 예전보다는 나아졌지만 모양 자체로 인식하며 더듬어나가야 한다. 오후가 될 때까지 나는 글을 읽었다. 오타는 좀 있었지만 글은 흐름을 잃지 않으며 거대한 고비를 넘기고 다른 산 앞에서 또 멈칫거리다 다시 올라가고, 미끄러지고 다시 올라가고 있었다. 글 속에서 여행을 하고 있었다. 집 밖으로 거의 나가지 않는 슬리핑은 글 속에서는 그저 자유로운 여행자 같았다. 단어라는 이름의 튼튼한 신발을 신고 정신과 감정과 마음이라는 손을 휘저으며 세상을 걷는다. 불어오는 바람은 형용사가 되고 발에 밟히는 돌멩이는 부사가 되고 침대 같은 건 존재하지 않는 길에 있다.

거의 오후가 되어서야 글을 다 읽어냈다. 어쩐지 몸에서 열이 나는 것 같다. 이게 마음의 열기인지 진짜 몸의 미열인지 알 수가 없다. 인간의 뇌보다 고양이의 뇌가 더 적은 걸까. 그것에 대한 책은 읽어본 적이 없으니 알 수 없다. 뭔가 과부하가 된 걸까. 안간힘을 쓰며 하얀 도화지를 머릿속으로 계속 떠올린다. 오늘은 더는 무슨 생각도, 감정도, 마음도 그만둔다.

각자의 사정

오늘, 이른 새벽에 카뮈의 집사가 또 여행을 떠났다. 카뮈가 하도 소리를 질러대서 잠에서 깼다. 나는 카뮈에게로 내려갔다.

"카뮈."

카뮈는 내가 부르는 소리도 듣지 못하고 스크래쳐 위에서 미친 듯이 발톱들을 긁어대고 있었다.

"카뮈!"

그제야 나를 본다.

"왜?"

"네 집사의 직업이 그런 걸 어떡해? 이제 좀 그만 칭얼대라."

"시끄러. 네가 뭘 알아?"

더는 할 말도 없어 그냥 나와 버렸다.

이 3층 건물의 고양이들은 – 나까지 포함해서 – 다 고양이 같지가 않다. 니들은 거의 집 밖으로 나오지 않고 색소가 부족한 묘한 눈동자를 가지고 있으며 동시에 바늘을 다룰 줄 알고, 카뮈는 좀 멍청하고 말은 잘 통하지 않지만 실은 고양이보다는 강아지 같은 성질이고 나는, 첫 문장을 쓴다. 조합으로 따지자면 니들은 그대로 두고 나와 카뮈의 집사가 바뀌는 것이 더 어울리는 것 같다. 애정 결핍과 애정 과다는 같은 것이다. 결핍들이 집착과 질투를 불러낸다. 그리고 그 집착과 질투가 또다시 되돌아와 결핍의 몸을 늘린다. 결핍은 영원히 채워지지 않는 걸까. 조금씩 드러나는 모양새가 다를 뿐이다. 하얀 도화지는 수백 장을 넘겨도 또 자꾸 더럽혀진다. 슬리핑은 왜 음악을 듣지 않는 것일까. 음악을 싫어하는 걸까. 세상에 음악을 싫어하는 인간도 있을까. 그래, 있겠지. 하지만 왜 하필 슬리핑인가. 그 많은 인간들 중에 왜 음악을 듣지 않는 인간과 지금 같이 있게 된 걸까. 음악이 주는 힘을 모르는 걸까. 음악을 전부 다 알지는 못하지만 나는 음악과 같이 살았었다. 인간보다 더 비발디의 사계의 모든 악장을 구분할 수 있다. 실은 그때를 떠올리지 않아도 환청처럼 내 귀에는 음악이 흐르고 있다. 귀로 들어와 영혼에 새겨진 것을 다시 실제로 듣고 싶은 나의 이런 욕심도 결핍일까.

툭!

슬리핑은 갑자기 멈췄다. 그건 마침표가 아니다. 성질이 나서 세게 자판 하나를 친 것뿐이다. 내가 그전의 긴 글을 읽고 지쳐 첫 문장을 적어 넣지 않았으니까. 첫 문장이 있다고 상상하고 글을 쓰다 첫 문장이 저절로 생겨날지도 모를 가능성은 슬리핑은 거부하고 있다. 좀 전의 툭! 다음에 들리는 것은 깊은 한숨과 욕설이었다. 하지만 아직 침대로 직행하지는 않고 버티고 있다. 그저 가만히 멈춰 있다. 갑자기 창가에 카뮈가 보였다. 나는 고개를 저으며 눈치를 보냈지만 무시하고 슬리핑노 없는 침대 위로 올라가 버렸다. 그런 카뮈를 보자 마지 구원을 받은 것처럼 슬리핑은 침대로 올라갔다.

"그래. 잠이나 자자."

둘은 같이 거대한 침대에서 늘어져서 곧 잠에 빠졌다. 멍하니 그 모습을 보다 나는 아무도 없는 카뮈의 집으로 갔다. 지금이 또 기회다. 그리고 마음껏 카뮈 집사의 책 종이의 냄새를 맡았다. 살 것 같았다. 카뮈의 집사가 여행을 가고 카뮈는 슬리핑과 자고 나는 종이 냄새에 환장을 한 듯이 빨아들이고. 하지만 이 비밀스러운 행위에 타격을 받거나 상처를 받는 존재는 아무도 없다. 그저 각자 하고 싶은 대로 움직일 뿐이다. 코에 가득히 종이 냄새를 넣고 나서 2층의 창턱에서 여전히 잠들어 있는 슬리핑과 카뮈를 보고 한 층을 더 올라갔다.

"니들"

“물루.”

니들의 집사는 있었지만 일을 하는 중이었다. 거대한 몸집의 인간이 벽을 보고 서 있었다.

나는 속삭이듯 물어봤다.

“바쁘면 갈게. 그냥 온 거야.”

“아니. 괜찮아. 지금은 내가 할 일이 없어.”

“그러면 일탈 좀 해볼래?”

나는 니들을 데리고 카뮈의 빈집으로 들어왔다. 다시 종이 냄새를 맡고 싶었지만 참았다.

“그런데 카뮈는 없어?”

“슬리핑이랑 자고 있어.”

“뭐야?”

니들은 살짝 웃었다.

“종종 그래. 뭐, 상관없어.”

안 그러려고 해도 책이 들어있는 박스에 자꾸 눈이 간다.

“불편하면 나갈까?”

“응. 그런데 왜 여기 오자고 한 거야?”

내 생각이 짧았다. 그러니 솔직히 말하는 게 낫다.

“슬리핑의 집에는 책이 없어. 그래서 종이 냄새를 맡고 싶어서. 여기에는 책이 있으니까.”

“종이 냄새?”

“응. 나는 중고 서점에서 있었으니까.”

“아아. 이해했어. 이상하네. 글을 쓰는 사람의 집에 어떻게 책이 없지?”

누군가는 나의 이 설명을 어처구니가 없다고 생각할 텐데 니들은 고스란히 받아주었다.

“우리 집에도 어딘가에 책이 있을 텐데.”

니들은 머릿속으로 자신의 집에 책이 있는지 생각하는 것 같았다.

“미안해. 니들.”

“아니야. 뭘.”

역시 여기에 오는 건 혼자가 낫겠다. 기회가 또 된다면. 실은 니들이랑 가보고 싶은 곳은 따로 있었지만.

슬리핑은 일어나서 커피를 마시고 있었고 카뮈는 여전히 침대에서 늘어져서 자고 있다. 도무지 이 방안에서 내가 어디에 있어야 할지를 찾을 수가 없다. 갑자기 비가 내리기 시작했다. 차가운 비가 창문을 치는 소리가 요란해지고 있었다. 빗소리에 카뮈는 일어나 창밖을 보더니 다시 드러누웠다. 비를 질색하는 카뮈는 비를 핑계로 실은 혼자 있는 집에 가기 싫은 거다.

“비가 오니 더 졸리네.”

슬리핑은 다시 침대로 들어갔다.

나는 비가 내리는 세상을 본다. 창을 타고 흘러내리는 빗방

울들을 본다. 한 공간 안에서도 이렇게 각자의 사정은 다르구
나, 하면서.

천성이든 습관이든 아니면 이름 없는 것들이든

“야.”

“왜?”

“너. 집에 안 가?”

“내 집사가 여기에 내 먹을 걸 가져다줬는데. 왜? 나는 그럴 권리가 있지.”

“그럼 밥만 먹고 가면 되잖아. 아예 여기에 자리를 잡았던데. 나는 불편해.”

내 말에 카뮈는 당당하게 대꾸했다.

“네 집사는 날 좋아하는데 네가 무슨 상관이야? 너는 네 집사도 안 좋아한다며?”

그런 게 아니다. 이틀이지만 카뮈가 있으니 첫 문장도 쓸 수가 없다. 내가 첫 문장을 써야 슬리핑이 이어 나갈 텐데. 슬리핑은 카뮈가 들러붙은 이후로는 탁자에 앉는 일도 없다. 한숨 소리 대신에 잠에서 새어 나온 잠꼬대나 코를 골거나 이를 가는 소리만 들린다.

"알았어. 그럼 적어도 밤에는 집에 가라."

"싫어."

"왜 싫은데?"

"그야 내 마음이지."

"내가 불편하다고. 무슨 말인지 몰라?"

"도대체 뭐가 그렇게 불편하다는 거야?"

그러고 보니 요즘 통 니들에 대한 말이 없다. 애정이 식은 걸까. 포기를 한 걸까. 다행인 것 같으면서도 슬리핑과 자는 모습을 보면 분통이 터진다. 카뮈는 니들의 마음을 가져본 적이 없으니 그저 애달픈 단계에서 멈춰 있는 걸까. 나는 현관 쪽으로 가서 내 다리털을 연신 핥았다. 씻어내기 위해서가 아니라 화를 식히기 위해. 하지만 화는 점점 더 커졌다.

"카뮈. 카뮈!"

"진짜 귀찮아 죽겠네. 왜?"

"집에 가라고."

"아직 밤도 아니잖아. 왜 그렇게 안달이냐고!"

"그럼 언제 집에 갈 건데?"

"몰라. 아까도 말했잖아. 내 자유라고. 넌 네 자유만 중요하냐?"

나는 첫 문장을 써야 한다고, 다시는 글의 신이 슬리핑을 영영 봐주지 않을지도 모른다고, 지금이 얼마나 중요한 시기인지 너는 모른다고. 말은 할 수 없다.

"여기에 무슨 자유가 있어?"

나도 모르게 내뱉은 말에 카뮈는 어리둥절한 얼굴이 되었다.

"그게 무슨 소리야?"

"아무것도 아니야."

"이상한 말을 했잖아. 그러니까 뭐냐고? 자유가 뭐 어떻다고?"

"아무것도 아니야."

"진짜 너는 좀 이상해."

"다시 잠이나 자. 미안하다."

슬펐다. 슬퍼졌다. 말실수를 한 것도, 나도 모르게 튀어나온 속내도, 자유, 라는 말도. 감정도 습관일까. 천성일까. 그냥 아무것도 아닌 고양이지만 확실한 추억은 있다. 그리고 그 속에는 자유가 있었다. 어느 책 위에라도 뛰어 올라갈 수 있고, 창이 넓어 답답하지 않았고, 욕설 같은 건 전혀 없었고, 음악들이 울려 퍼졌고, 맛있는 음식들이 있었다. 그는 사료에 늘 연어나 닭 가슴살이나 고구마 같은 것을 섞어주었다. 여름이면 오이나 씨를 발라낸 참외나 수박도 정성스레 챙겨주었다. 그리고 나만의 침대와 나만의 스크래쳐와 나만의 장난감들이 있었다.

깃털이 달리고 향긋한 냄새가 나는 낚시 줄 같은 긴 끈을 들고 그는 내 앞에서 열심히 흔들어 주었다. 지금은 안다. 그것이 얼마나 특별한 자유였는지를. 아무나 가질 수 없는 달콤한 행복이었다는 걸. 전혀 당연하지 않은 날들이었음을.

지금 나는 말라가고 있다. 첫 문장 때문이 아니다. 악몽 때문이 아니다. 맛없는 사료 때문도 아니다. 연어를 못 먹고 신선한 물을 마시지 못해서도 아니다. 그 모든 불편을 합쳐도 그리움의 무게와는 견술 수도 없기 때문이다. 만약 그리움이라는 마음이 겉으로 나와 피로 흐른다면 탈지면 대신에 내 혀로 핥아 다시 내 안으로 넣겠지. 그러고도 남아 털 사이에 뭉쳐진 핏덩이를 보면 어떨까. 거기에서는 그저 피의 냄새만 날까. 아니면 다른 냄새도 날까. 정말 그리움의 냄새가 있다면 어떤 걸까. 종이 냄새와 섞여 내가 모르는 것들의 새로운 향이 날까. 그래. 다 부질없는 생각이지만 그 부질없는 것들로 이뤄진 게 내 영혼이다. 어떤 강렬한 태양에도 녹지 않는 얼음이 내 안에 있다. 어떤 매서운 바람에도 눈을 감지 않는 과거가 내 안에 있다. 어떤 굵은 빗줄기에도 두려워하지 않는 고양이가 있다. 작은 소리에도 깜짝 놀라는 고양이가 있다. 그리움을 아는 고양이가 있다.

그저 써라

툭 툭툭 툭툭툭툭툭 툭.

며칠째 비가 내린다. 슬리핑은 탁자에 앉아 있다. 카뮈는 수면제라도 먹은 듯이 늘어져 자고 있다. 빗소리에 나도 자꾸 졸리기 시작했다. 현관 바닥이 점점 차갑다. 겨울의 기운이 느껴진다. 참다가 결국 침대 아래로 들어가 침대와 바닥 사이에서 잠에 떨어졌다.

일어나보니 카뮈는 보이지 않았다. 교대라도 하듯이 슬리핑은 침대다. 나는 슬리핑의 글을 읽었다. 거리로 따지면 한 블록 정도로 글은 늘어나 있었다. 글을 다 읽고 첫 문장을 적었다. 그런데 슬리핑은 정말로 자신이 첫 문장을 썼다고 믿는 걸까. 틈만 나면 생기는 질문이다. 여전히 꿈에서 첫 문장을 얻었다고 아직도 믿을 수 있다는 것에 대해 조금의 의심도 전혀 없을까. 처음에는 넘어가도 여전히 그럴 수 있을까. 꿈은 누구나 꾼다. 인간이든 고양이든. 많은 예술가들이 꿈에서 영감을 얻기도 한다. 하지만 슬리핑은 다르다. 혹시 슬리핑은 내가 첫 문장을 쓰는 걸 알고도 모른 척하는 건 아닐까. 어차피 나는 인간의 언어로는 발음할 수 없다는 걸 알고 이용하는 건 아닐까. 어쩌면 슬리핑은 자는 척을 하면서 내 첫 문장을 기다리고 있는 건 아닐까. 아. 지나친 망상이다. 그저 쓰기만 해라. 슬리핑.

"물루."

니들이 창가에 앉아 날 부른다. 어쩐지 하얀 새 같기도 하다.

"니들. 왔어?"

"물어볼 게 있어."

"응."

"혹시, 공원을 지난 건너편에는 뭐가 있는지 알아?"

"왜. 갑자기?"

"생각을 좀 해봤어. 역시 가보기는 어렵겠지만. 너랑 같이 간다면 한 번 가보고도 싶기도 하고."

"바늘을 하나씩 들고?"

우리는 잠시 킬킬댔다.

"지금은 나도 못 가. 니들."

"왜?"

"그 건너편에는 나의 과거가 있어. 좀 이상한 얘기지만."
니들은 잠시 후에 말했다.
"네 고향이 거기 있구나. 미안. 괜한 얘기를 꺼냈나 봐."
"아니야. 언젠가는 꼭 가게 될 거야."
"응."

겨울이 성큼 다가왔다. 슬리핑은 여름에도 담요를 덮고 자는 인간이라 방은 늘 따뜻했다. 추위에 약해 온갖 담요들을 겹겹이 쌓아놓고 지낸다. 하지만 닐 위해서는 얇은 담요 한 상 소차 깔아주지는 않는다.

오늘은 글을 읽고 있는데 갑자기 슬리핑이 눈을 번쩍 뜨고 날 쳐다봤다. 나는 탁자 위에서 얼음같이 얼어붙은 채 꼼짝도 못 했다. 드디어 들켰구나 싶었다. 들켰구나. 결국. 하지만 그 순간이 지나자 슬리핑은 다시 눈을 감고 잠에 들었다. 아, 내가 들킨 게 아니하면 저런 순간들이 있어 슬리핑은 영감을 얻는다고 믿는 걸지도 모른다. 나는 놀란 마음이 진정이 되지 않아 남은 글은 읽지도 못하고 탁자 위에서 간신히 내려와 습관처럼 현관 쪽으로 향했다. 방안의 따뜻한 공기와 최대한 가까운 현관 턱 근처에 앉자 바닥에 닿는 갈비뼈가 느껴져 어쩐지 울고 싶은 심정이 되었다. 그가 지금의 날 본다면 아직도 슬리핑을 도와주라고 할까. 꿈에서도 그는 날 찾아오지 않는다.

영원에서도 책 정리를 하느라 날 잊은 걸까. 영원 속에는 중고 서점 같은 건 없을까. 음악은 있을까. 지상이 아닌 영원만의 음악이 있다면 어떤 걸까. 혹시라도 다른 고양이와 같이 있을까. 마지막은 어쩐지 상상하기 싫다. 그의 유일한 고양이가 되고 싶다. 지상에서든, 영원에서든.

"어. 이상하네. 어제 첫 문장을 적어놨는데. 왜 없지?"

당연하지. 내가 쓰지를 않았으니까. 게다가 글도 읽다가 말았는데 어떻게 첫 문장을 쓰겠나.

"참. 이상하네."

자다가 눈을 갑자기 부릅떴던 슬리핑이 나는 더 이상하다.

아무리 첫 문장을 찾아도 없을 것이다.

"영감. 내 첫 문장이 없어졌어. 도대체 어딜 간 거야?"

그 방의 배경처럼 있는 나에게 자신의 혼잣말이다.

그 첫 문장은 내 안에 있어요.

노트북 앞에서 한참을 있다 슬리핑은 일어났다. 또 잠이나 자겠지. 하지만 내 예상과는 달리 갑자기 내 밥그릇에 새 사료를 넣고 물도 갈아 주었다. 그러더니 후드 티를 뒤집어쓰고 밖으로 나가버렸다. 창턱에서 슬리핑을 보다 나는 읽다 만 글들을 읽었다. 첫 문장은 쓰지 않았다. 첫 문장이 없어졌다고 확인하고 믿는 슬리핑이 집에 돌아와도 글을 그대로여야 한다. 대신 다음에 적을 첫 문장은 머리에 기억해두었다.

"야."

"또 왔냐?"

"네 집사가 안 보이네."

"몰라. 아까 나갔어. 왜?"

"그냥. 뭐."

"정말 할 말이 있으면 좀 제대로 해. 너는 매번 얼버무리잖아."

"별로 할 말은 없는데?"

"그럼 왜 말을 시킨 거야?"

카뮈는 침대 위로 올라가 자리를 잡고 말했다.

"근데. 너는 왜 그리 쌀쌀하냐?"

"야, 라고 부르는데 다정하다가도 말겠다."

"아. 몰라."

저런 놈은 니들에게는 정말 어울리지 않는다. 이제는 내 눈치도 전혀 안 보고 침대 한가운데로 들어가 온몸을 펴고 제집처럼 드러누웠다. 그리고 얼마 되지 않아 슬리핑이 집으로 왔다. 자고 있는 카뮈를 보고도 별 반응도 없다. 잠의 천재들이 또 만났다.

나는 읽다 만 나머지의 글을 읽었다. 그리고 첫 문장을 적었다.

다음 날 아침, 슬리핑은 일어나자마자 탁자 앞에서 글을 확인했다.

"됐어! 역시."

곧 툭툭, 거리는 소리가 시작됐다. 카뮈는 아직도 여전히 침대 위에서 늘어져 있다. 나는 슬리핑의 글이 빨리 끝나기를 바란다. 그러면 모든 것이 끝난다. 나의 긴장감도, 나의 거짓말도, 나의 비밀도, 나의 고단함도, 그리고 나의 임무도. 그러니 그저 써라. 첫 문장은 내가 책임질 테니. 그저 써라. 그저.

망각의 알약을 손에 쥐고

　그리움을 조각내어 매일 사용한다. 어차피 망각보다 내가 강하다. 폭풍처럼 갑자기 다가오는 그리움은 어쩔 수 없다. 하지만 이 지상에서 내가 생존하는 동안은 늘 그를 그리워할 것이므로. 아끼고 귀하게 여기며 매일 사용할 것이다. 머리와 마음과 감정을 하나로 모아 커다란 치즈 케이크를 만들고 잘게 조각을 내어 하루 치의 그리움을 소진하고 또 다음날이면 다시 채워지는 것들의 반복을 하겠다. 그러니 커다란 치즈 케이크는 결국은 원래 손을 대지도 않은 상태로 복귀되고, 복기 되고, 영원의 모습을 유지할 것이다. 그래서 내게는 망각도 없고 알약도 없지만 조금만 더 강해지려고 한다. 그리움에도 체력이 필요하다. 거의 식욕이 없지만 억지로 밥그릇에 남아있는 사료들을 억지로 꿀꺽 목으로 삼켰다.

이제 슬리핑이 쓴 글은 거의 백 쪽이 되어간다. 이야기는 아직까지는 제대로 흘러가고 있다. 끝을 향해서. 적어도 내가 보기에는. 하지만 혹시라도 다음 글을 쓴다면 수만 시간을 잠을 자든 말든, 탁자를 부수든 말든, 첫 문장이 없어졌다고 착각하든 말든 첫 문장도 자신이 온전히 책임져야 할 것이다. 첫 문장을 대신해서 써줄 수 있는 고양이는 다시는 찾지 못할지도 모르니까.

"니들."

니들이 궁금해서 작은 목소리고 불렀다. 니들은 집사 곁에 있다. 그리고 저번에 본 듯한 거대한 몸집의 인간이 서 있다. 윙윙, 하는 소리가 들린다. 이번에는 팔이 아닌 다리에 그림이 잔뜩 그려져 있다. 피가 배어 나올 때마다 니들의 집사는 그 피를 훔쳐내고 다리에 미리 붙여놓은 무늬를 따라 정교하게 손을 움직인다. 아무래도 오늘은 니들과 이야기를 할 수 없을 것 같다. 나는 그냥 산책이나 가자, 하고 일 층으로 내려가다 카뮈 집의 창을 슬쩍 스치듯이 봤다. 실은 산책보다는 카뮈가 없다면 종이 냄새를 조금이라도 맡고 싶어서였다. 창을 통해 들여다본 집안은 고요했다. 내 시야에 카뮈는 없었다. 나는 집안으로 소리를 내지 않고 들어가 종이 냄새를 맡으려는 참에 바닥에 누워있는 카뮈가 보였다. 카뮈에게 들킬까 놀라 나오려다 어쩐지 기분이 이상했다. 나는 카뮈에게 다가갔다. 편히 잠을 자는 게 아니었다. 숨은 쉬고 있었지만 몸은 이상하게 늘어져 있었다. 그리고 입가에는 하얀 거품이 묻어있었다.

"니들! 니들!"
아무 생각도 나지 않았다.
니들은 놀라서 내게 왔다.
"물루. 무슨 일이야?"
"카뮈가 이상해."
"어?"
"카뮈가 이상하다고!"
니들과 나는 다시 카뮈에게로 갔다. 여전히 누워서 의식이 없는 카뮈를 보자 몸이 덜덜 떨렸다.
"물루. 종이봉투 없어?"
"종이봉투?"
종이봉투로 뭘 하려는 걸까, 하면서 나는 집으로 올라가 식탁 아래 있는 쓰레기통에서 종이봉투를 입에 물고 왔다.
니들은 종이봉투를 카뮈의 입에 대고 나머지 한 손으로 차분히 등을 쓸어주었다. 일 분도 지나지 않아 카뮈는 좀 편안하게 숨을 쉬더니 정신을 차렸다.
"괜찮아?"
니들을 보고 놀라면서도 카뮈는 어린아이처럼 고개를 끄덕였다. 그리고는 다시 잠에 빠졌다. 나와 니들은 30분을 지켜보다가 카뮈 집의 창 근처에서 있었다.

"어떻게 한 거야?"

"종이봉투?"

"응."

"과 호흡이야. 정확히 알 수는 없지만. 네가 없었으면 큰일 날 뻔했어."

"과 호흡?"

"갑자기 숨을 쉬지 못하는 증상인데. 본인은 죽을 만큼 괴로워노 사신이 내뱉은 이산화단소를 다시 늘어 마시면 진정이 되는 이상한 증상이지."

"니들. 넌 어떻게 그런 것까지 알고 있는 거야?"

"첫 집사가 의사였잖아. 그도 종종 그랬어."

"아."

"어쨌든 다행이다. 하지만 또 언제 갑자기 나타날지도 모르는데."

"왜 그런 거야?"

"정확한 이유는 없지만 보통은 스트레스나 불안이 가장 큰 원인이기는 해."

"집사가 집에 없어서 그런 걸까?"

"그럴지도 몰라."

"응."

나는 니들이 가고도 그날 밤을 내내 카뮈를 지켜보았다. 그저 더는 죽음, 비슷한 것은 견딜 수 없다. 그저 카뮈를 걱정하는 것만은 아니었다. 슬쩍슬쩍 느끼기는 했지만 내 생각보다 더 카뮈는 혼자 있다는 것에 스트레스를 받고 있었던 것 같다. 나에게 늘 있었던 그처럼 카뮈에게는 지금의 집사가 그런 존재일지도 모른다. 내게는 늘 시비나 걸고 껄렁대고 자기 집처럼 슬리핑의 곁에 붙어 잠을 자고. 그 모든 것이 결국은 혼자, 라는 것을 못 견디는 성격을 타고난 것일지도 모른다. 숨을 고르게 쉬며 위기에서 벗어나서 자고 있는 카뮈는 무슨 꿈을 꾸고 있을까. 어딘지도 모를 타지에 있는 집사 곁에 있는 자신을 상상하고 있을까. 아니면 자신을 살펴준 니들과 데이트라도 하는 꿈을 꾸고 있을까. 카뮈는 살짝 웃는 것 같은 얼굴로 곤히 자고 있다. 그래. 무슨 꿈이라도 좋다. 그저 다시는 날 놀라게 하지는 말아라. 다시 집사가 돌아올 동안만 망각의 알약이 있다면 먹이고 싶다.

집에 돌아오니 슬리핑은 없었다. 게으른 인간이 아침부터 어딜 간 걸까. 아마 니들의 집사처럼 나를 찾으러 나가지는 않았을 거고 커피라도 떨어져 사러 나간 모양이다. 놀란 데다 밤을 샜더니 너무 피곤해서 창턱 근처에서 바로 잠이 들었다.
"야!"
겨우 눈을 떠보니 창턱 위에서 카뮈가 멀쩡한 얼굴로 날 내려다보고 있다.

"괜찮아?"

"뭐. 괜찮아."

"지금 너무 졸리니까 나중에 얘기하면 안 될까?"

눈을 감고 내가 말했다.

"저기. 어제 니들이 왔었지?"

"응."

니들이 아니었다면 너는 큰일 날 뻔했다, 라는 말도 하지 못
했다.

"저기, 고맙다."

멀리서 들리듯 카뮈의 목소리가 가물거리며 흘어졌다.

요란하게 부스럭대는 소리에 잠이 깼다. 갈색의 종이봉투
에서 슬리핑은 이것저것 꺼내고 있었다. 종이봉투는 아무렇
게나 쓰레기통에 버려졌다. 오래 잔 것 같았는데 시간을 보
니 겨우 한 시간이 지나 있었다. 깊게 잔 덕인지 피곤도 많이
가셨다.

슬리핑은 영혼이 침대에 붙어 있기라도 한 듯이 이불을 머
리끝까지 덮고 잠을 자기 시작했다. 고른 숨소리가 들리자 나
는 쓰레기통에서 종이봉투를 꺼내 입에 물고 카뮈에게 갔다.

"카뮈."

카뮈는 무슨 상상을 하고 있는지 털 사이에 슬쩍 분홍색들이 생겨나 있다.

"잘 잤냐?"

"뭐. 네 덕에 잘 잤다. 진지하게 물어보는 거니 제대로 말해."

"뭔데?"

"어제 같은 일이 그전에도 있었어?"

카뮈는 내 질문에 분홍색이 점차 엷어지다 사라졌다.

"뭐. 몇 번."

"그러면 그때는 어떻게 했어?"

"너는 뭐가 그리 궁금하냐?"

내가 밤새 마음을 졸이고 잠도 못 잤다는 걸 아는지 모르는지 또다시 껄렁댄다. 물론 내가 아니라 니들이었다면 더 좋았을지도 모르지만 좀 괘씸하다.

"분명히 말했다. 난 진지하다고."

서슬이 퍼런 내 얼굴이 카뮈의 눈동자 안에 있다.

"갑자기 숨이 잘 안 쉬어질 때가 있긴 했었는데. 어제처럼 심한 적은 없었어."

"네 집사가 있을 때는 그런 적 없어?"

"없어."

나는 종이봉투를 카뮈 앞에 내밀었다.

"뭐야?"

"갖고 있어. 혹시 앞으로도 그런 증세가 오면 입에 대고 숨을 쉬라고.”

“알았어.”

카뮈답지 않게 고분고분하다. 실은 가장 놀랐을 건 카뮈였
을 것이다.

“있지. 근데.”

“니들 얘기를 하고 싶은 거지?”

“엇. 아닌데.”

“그럼 뭔데? 말해.”

말문이 막힌 까뮈는 또 분홍의 색이 털 사이로 올라온다.

“그럼 난 간다.”

“잠시만!”

“왜?”

“그냥.”

“어제 니들이 있어서 다행이었어. 너는 숨도 제대로 못 쉬고.
나 혼자라면 어떻게 해야 할지 몰랐거든. 나중에 니들에게 정
식으로 고맙다고 해라. 난 간다.”

한번 고개를 돌려보니 카뮈는 내가 준 종이봉투를 자신의 침
대 옆에 놓고 있었다.

“니들.”

니들과 니들의 집사가 같이 나를 향해 고개를 돌렸다. 나는
놀라서 빨리 집으로 돌아가려는데 갑자기 니들의 집사가 나

를 보며 웃었다. 그리고 멀리서 손을 내밀며 들어오라는 손짓을 했다.

"아래층 고양이구나. 이리 와."

나는 조심스럽게 그들에게 다가갔다. 니들은 괜찮다고 눈을 찡긋했다.

"니들, 친구지? 근데 좀 많이 말랐네."

그러더니 후딱 밥그릇에 사료와 연어를 섞어 내밀었다.

"어서 드세요."

연어의 냄새에 정신이 혼미해졌다. 나는 경계심도 버리고 밥그릇에 코를 박고 다 먹어치웠다. 다 먹고 나니 어쩐지 부끄러운 생각이 들었지만 니들과 니들의 집사는 일부러 인지 몰라도 아무렇지 않게 내게 등을 돌리고 있었다. 아마 나를 편안하게 해주려고 그랬을 것이다. 배는 부른데 마음은 자꾸 복잡해진다. 여기서 살고 싶다. 연어 때문이 아니다. 그들의 친밀감을 어렴풋이 밖에서 보았던 것과 직접 느끼는 건 다르다. 언젠가는 내게도 그런 시절이 있었다. 한 번도 가져보지 못한 것에 대한 열망과 이미 가져 봤던 것들의 그리움의 무게를 저울질하기는 싫다. 그저 나에게 드세요, 라는 존칭에 니들의 집사가 니들에 대해 얼마나 사랑을 주는지 알게 되었다. 니들에게 눈 인사를 하고 얼른 집으로 돌아왔다. 얼굴이 벌게져서.

첫 문장 뒤에 글을 읽으려고 했지만 다음의 글이 없다. 그렇다고 내가 적어놓은 첫 문장이 사라지지도 않았다. 문장이 마음에 들지 않았던 걸까. 처음 있는 일이라 당황스럽다. 슬리핑이 움직여야 내가 움직일 수 있다. 그리고 내가 시작을 해야 슬리핑이 하나의 마무리를 한다. 그 반복은 언젠가는 끝이 날 것이다. 하지만 지금 멈춘 상태에서 나는 할 일이 없다.

일 층으로 내려가 카뮈 곁으로 조심히 다가갔다. 카뮈는 내가 준 구겨진 종이봉투 곁에서 잘 자고 있었다. 숨소리도 평온히고 혈색도 괜찮다. 인도를 하고 나오며 또 기분이 묘해셨다. 어쩌다 보니 이 작은 3층의 건물에 사는 모든 존재들과 연결이 되어버렸다. 관계를 맺는다는 것은 무서운 일이다. 염려, 가 생기는 것이다. 그리고 한 번 들어 온 염려는 망각과는 거리가 멀어 두려워진다.

슬리핑의 횡포와 나의 반격

추위 때문인가. 슬리핑은 침대에서 거의 나오질 않는다. 집 안의 온도를 최대한으로 높여놓고도 뭐가 그리 추운지 이불 속에서 꼼짝을 하지 않는다. 백 페이지가 넘은 글들은 어떡하라고. 제일 불편한 건 창문까지 꽉 닫아놔서 내가 나갈 틈을 찾을 수가 없다는 것이다. 니들에게도, 하다못해 카뮈에게도 갈 수가 없다. 아직 한겨울도 아닌데 긴 겨울을 어떻게 해야 하나. 지금처럼 내내 창문을 꼭 잠그고 지낼 것인지. 답답한 공기 속에서 머리를 계속 굴리고 있지만 내 힘으로는 두꺼운 현관문을 열 수도 없다. 겨울 동안 내내 여기에서 갇히는 건 아닐까. 마치 강제적으로 감금을 당한 기분이다. 내가 들을 수 있는 소리는 슬리핑의 코를 고는 소리뿐이다. 가끔 툭툭, 거리기는 해도 힘을 잃은 게 역력하게 티가 났다. 슬리핑이 자는 틈에 타서 글을 읽어도 얼마 전에 내가 적어놓은 첫 문장에서 거의 나가질 못하고 있다. 창으로 들이치는 바람 소리밖에는 아무 소리도 없다.

　그렇게 며칠이 지나자 나는 슬리핑을 저주하는 수준까지 올라갔다. 게다가 나는 계속 굶고 있다. 잠깐 일어나도 일회용 밥에 일회용 국을 대강 말아 먹고 커피 잔을 들고 또 침대로 가서 금세 자 버린다. 내가 바랄 수 있는 건 단 하나밖에 없다. 모든 음식이 떨어지면 그래도 잠시 외출은 하겠지. 그때를 놓치지 말고 밖으로 우선 나가야 한다. 하지만 점점 더 견디기가 힘들어진다. 정신을 차리자. 수풀이 그립다. 수풀로 가고 싶다. 그러자 갑자기 숨이 잘 쉬어지지 않았다. 기어가듯이 부엌 근처의 쓰레기통에서 음식물 찌꺼기가 묻은 종이봉투 하나를 발견해 입과 코에 대고 자신의 이산화탄소를 들이켰지만 오래된 짙은 마늘 냄새에 토하고 말았다. 더는 견디기가 힘들어 현관에서 슬리핑을 향해 소리를 질렀다. 하지만 내 소리에 슬리핑은 더 깊이 이불 속으로 들어가 버렸다. 얼어 죽더라도 더는 여기서 있을 수가 없다. 하지만 어떻게 여기에서 나갈 수 있을까. 이제 머리도 잘 돌아가지 않는다. 내 스스로 문을 열 수는 없다. 그렇다면 슬리핑이 문을 열게 만들어야 하는데 그럴 방법이 뭘까. 바늘은 없으니 대신 할퀴면 될까. 하지만 그 결말은 알 수 없다. 머리를 굴려. 머리를 굴려. 머리를. 그러자 이상하고 무모한 계획 하나가 떠올랐다. 너무 위험해. 그러면서도 더는 답답한 공기를 참을 수 없어 시도하기로 결정했다. 탁자 위로 올라가 싱크대를 바라봤다. 거리가 멀지 않다. 높이도 비슷하다. 보통 같으면 아무렇지 않을 일인데 기력이 많이 떨어져서인지 자신이 없었다. 몇 번을 머릿속으로 상상을 하고 나는 온 힘을 다해 싱크대로 올라갔다. 내 계획은 물, 이었다. 검은 개수대의 뚜껑이 보였다. 고무로 된 뚜껑을 몇 번의 시도 끝에 꾹 눌러 구멍을 막았다. 그다음은 더 힘들었다. 물을 틀어야 한다. 하지만 내 손의 힘으로는 어려울 것 같다. 그래서 머리로 물이 나오는 쇠를 들어 올렸다. 물이 나오기 시작했다. 그리고 현관으로 얼른 자리를 옮겼다. 그리고 아직 잠들어 있는 슬리핑과 물을 번갈아 보며 있었다. 아무리 깊은 잠에 빠졌어도 물소리에는 일어날 수밖에 없을 것이다. 그렇게 조금 더 지나자 개수대에서 물이 넘쳐 바닥으로 떨어지기 시작했다. 뚝뚝, 그 소리들에도 아직 슬리핑은 일어나지 않고 있다. 이제 물방울들은 바닥의 지면을 넓히며 점점 퍼지고 있다. 이제 뚝뚝, 하던 소리도 사라지고 고요하게 물이 차오르기 시작했다. 몸이 부들거리며 떨렸지만 이제 다시 개수대로 올라갈 수도 없다. 제발 좀 일어나라고! 슬리핑!

물은 이제 현관으로까지 흘러와서 내 발에 닿았다. 차가운 물에 깜짝 놀랐다. 여전히 누워있는 슬리핑은 혹시 죽은 것이 아닌가 하는 생각이 들자 솔직히 두려웠다. 이제 물은 거의 온 바닥을 차츰 점령하고 높이를 높여가고 있다. 조금 더 있으면 침대 밖으로 늘어뜨린 슬리핑의 손에 물들이 닿기 직전이다. 집안의 뜨거운 온도와 차가운 물이 합쳐져 시야가 뿌옇다. 나는 기괴한 영화를 보는 듯이 점점 정신이 나갈 지경이었다. 이러다가 밖으로 나가기도 전에 익사로 죽는 게 아닐까. 어떤 잠에 빠져 있길래 추위에도 약한 인간이 찬 기운은 감지하지도 못하는 걸까. 무엇보다 탁자 아래 의자에도 물이 차오르고 있다. 드디어 슬리핑의 손에도 물이 닿았다. 나는 슬리핑이 벌떡 일어날 줄 알았다. 당연한 일이 아닌가. 하지만 슬리핑은 그 손마저 이불 속에 넣고 여전히 일어날 기미가 보이지 않았다. 살아 있다. 혹시 수면제라도 먹었나. 탁자 위에 있는 노트북의 전선은 그나마 아직 물에 젖지 않았다. 꼬여있는 전선들이 바닥 위에 있다. 나의 생존도 중요하지만 노트북을 살려야 한다. 내 첫 문장들이 거기에 있다.

"뭐야?"

드디어 슬리핑이 일어났다. 눈이 휘둥그레져서 물 천지가 된 바닥을 보더니 넋이 나갔다. 무엇부터 해야 할지 모르는 얼굴로 몇 초를 있더니 결국 현관문을 열었다. 나는 얼른 집 밖으로 나왔다. 계단으로 물은 흐르기 시작했지만 상관없다. 이게 얼마만의 자유인가. 나는 몸이 얼어 추웠지만 그건 문제도 되지 않았다. 코로, 입으로 밖의 공기를 들이쉬며 다시는 여기로 돌아오지 않겠다고 마음을 먹었다. 그리고 다시 한 번 깨달았다. 보통의 집사라면 고양이부터 챙길 법한데 이미 알고 있으면서도 나를 귀하게 여기지 않는 마음을 다시 또 확인받는 기분이었다. 다 알고 있으면서도, 느끼면서도, 바라지도 않으면서 느껴지는 감정은 솔직히 비참했다.

카뮈의 집 앞에서 서성대고 있다. 마음은 니들에게 가고 싶지만 그 따뜻한 공간에 마음을 빼앗기면 안 된다. 차가운 물에 닿았던 몸들이 아프고 자꾸 솔리다.
"야!"
카뮈의 얼굴이 보인다.
"뭐해? 혹시 날 엿보고 있었냐?"
"아니야."
"야. 너 왜 그래? 어디 아프냐?"
그다음부터는 기억이 없다.

"괜찮아?"
니들의 걱정이 가득한 얼굴이 보인다.
여긴 카뮈의 집이다.
"어떻게 된 거야?"
"카뮈가 걱정을 많이 했어."
"나를?"

"응. 당연하잖아. 친구잖아. 아직도 많이 추워?"

"모르겠어."

창턱에서 이쪽을 바라보는 카뮈가 이제 보인다. 자신의 집인데도 초대받지 못한 손님처럼 기가 죽어 있다. 카뮈가 지금 무슨 감정일지 짐작이 간다. 나에 대한 걱정도 있겠지만 니들이 자신의 집에 있다는 것에 더 황홀할 것이다.

나는 천장을 올려다보았다. 카뮈의 집 안에는 물 한 방울 새지 않았다. 다행이다. 노트북은 무사할까, 생각하다 머리가 어지러워 그만두었다. 난 이제 어디로 가야 할까.

소란 후, 소란

거의 하루 만에 돌아와 보니 현관문은 활짝 열려있고 낯선 인간들 두 명이 보였다. 슬리핑은 팔짱을 끼고 온 얼굴에는 짜증이 묻어있다. 당연한 일이다. 귀찮고 게으른 인간에게 얼마나 짜증이 나는 일일까. 갈색의 나무 바닥들은 물기 때문에 색이 짙어져 있다. 노트북은 전선들과 같이 침대 위에 놓여있다. 또다시 갇힐지도 모른다는 생각을 애써 버리고 현관 턱을 넘어 딱 한 걸음만 올라갔다. 나와 잠시 눈이 마주쳤지만 슬리핑은 정신이 없어 보였다.

"겨울이라 바닥이 마르기까지 좀 시간이 걸리겠네요. 배수관은 이상이 없어요."

"확실한가요?"

"네. 아래층 천장까지 살폈는데 이상 없어요."

“이상하네. 진짜.”

“혹시, 물을 틀어놓고 잠이 드신 건 아닌지.”

그 말에 슬리핑은 벌컥 하고 화를 냈다.

“물이 그렇게 넘쳤는데 어떤 이상한 사람이 태평히 잠을 자나?”

나도 모르게 웃음이 나왔다. 슬리핑, 당신이 그랬잖아? 태평 정도가 아니잖아?

“당분간은 문을 좀 자주 열어두세요.”

남자 둘이 나가자 슬리핑은 덜덜 떨면서 창문을 조금 더 열고 현관문은 반 정도 닫았다.

“야! 영감! 이게 무슨 일이냐?”

나를 보자 슬리핑이 갑자기 말을 시켰다. 나는 깜짝 놀라서 다시 현관 턱으로 내려갔다.

“아. 머리 아파. 귀찮아.”

좀 춥기는 하지만 아직 한겨울은 아니다. 나는 바닥이 아주 천천히 마르기를 바랄 수밖에 없다. 아니, 영원히 바닥의 물기가 건조되지 않길 바란다. 아니, 다시 물장난을 칠까 봐 자신이 두렵다. 그러니 제발 내 몸이 나갈 정도만 창문을 열어두라고. 그나저나 노트북은 정말 괜찮은 걸까. 나는 그저 집 안에서 잠시라도 탈출하고 싶었을 뿐이다. 창문을 반만 열어놔도 충분한 일을 키운 건 슬리핑이 만든 화근이었다.

툭툭 툭 툭툭툭툭.

북극에서나 신을 법한 두꺼운 양말을 신고 담요로 무장하고 슬리핑은 글을 쓰기 시작했다.

다행이다. 다행이었다. 그저 다행스러웠다.

나는 내가 원하는 최소한의 것들을 얻었다. 이제는 밖으로 나갈 수 있는 열린 창이 있고 노트북은 무사하고 어쩐 일인지 슬리핑이 다시 글을 쓰기 시작했으니. 하지만 몸은 아팠다. 몸살이 나는 모양이다. 자꾸 몸이 덜덜 떨렸다. 니들의 집으로 가고 싶지만 참는다. 집중한 슬리핑을 지나 침대 아래로, 흘러내린 담요 위에 몸을 최대한 웅크리고 온기를 얻으려 파고들었다. 너무 아파서 어쩔 수가 없었다.

"영감! 영감!"

나는 간신히 눈을 떴다. 하지만 슬리핑은 나를 부른 것이 아니었다. 글을 쓰며 새로운 구호라도 생긴 듯이 혼자 외치고 있었다. 노트북을 향해.

벌을 받나 싶다. 집안을 엉망으로 만든 건 나니까. 그래. 다리에 힘을 주고 일어서자. 수풀로 가서 거기서 있다 영원으로 가자. 그가 있는 곳으로. 나는 간신히 몸을 일으켜 창을 향해 가려고 했지만 몸이 말을 듣지 않았다. 가까운 창이 천리 길처럼 보였다.

"영감!"

슬리핑의 구호가 또다시 들렸다.

“야. 너 왜 그래?”

슬리핑은 늘어진 나를 들어 올려 담요로 감싸고 집 밖으로 나갔다. 그리고 뛰기 시작했다. 그때마다 내 몸은 더 아팠지만 내 정신은 이게 무슨 일인가 싶었다.

“영양실조에 약간의 저체온증이 있으니 하루는 입원을 시키는 게 좋을 것 같아요. 아이가 많이 지쳐 있어요.”

어느새 나는 투명한 박스 안에 들어가 팔에 연결된 액체를 맞고 있다.

“예쁜 에기구나. 쭈쭈쭈.”

처음 보는 여자가 웃는 얼굴로 말을 하고 금세 사라진다. 쭈쭈쭈, 라니.

다음 날 일어나보니 언제 바늘을 뺏는지도 몰랐는데 팔에 붕대가 감겨 있다.

“일어났어? 붕대는 조금 있다가 풀어줄게.”

어제 말을 걸던 여자가 다정하게 말했다.

“제일 좋은 영양제가 뭔가요?”

오후 늦게 슬리핑이 왔다. 그러더니 이것저것 사더니 나를 품에 안고 집으로 가서 바로 침대에 올려놓았다. 뭐야. 늘 굴던 대로 해. 갑자기 이러면 무섭다. 도대체 왜 이러는 걸까.

“영감.”

냄새가 나는 담요를 덮어주며 슬리핑이 말했다. 그리고 한

숨을 깊게 내쉬었다.

"너는 못 알아듣겠지만 꿈을 꿨어."

못 알아듣긴. 난 글도 쓰는 고양이다.

"원래 네 주인이 꿈에 나와서 호통을 치더라. 너를 품에 안고 있었는데. 그가 그렇게 화를 내는 건 실제로도 본 적이 없는데 너무 생생해서 좀 무서웠어. 그래서 그 날, 집에 물을 잠그지 못했는지도 몰라."

아니다. 물은 내가 틀었다. 하지만 지금 중요한 건 그게 아니다. 슬리핑의 꿈에 나와 호통을 쳤다는 그의 품에 안긴 내가 그리워 견딜 수가 없었다. 내 꿈에 나타났다가 슬리핑의 꿈으로 들어간 걸까. 슬리핑의 꿈으로 들어가기는 쉬운 일이다. 잠만은 줄기차게 자는 인간이니. 내가 찬 바닥에서 덜덜 떨고, 너무 자주 굶고, 이상한 이름으로 불리고, 첫 문장을 덜덜 눈치를 보며 쓰고 있는 걸 그는 분명히 보고 있었나 보다. 꿈을 믿는 슬리핑에게 최고의 방법으로 그는 나를 위해 온 것이다.

"비싼 거다. 이거."

새 사료 위에 하얀색 알약이 얹어져 있다. 내가 힐끗 보고 고개를 돌리자 슬리핑은 밥그릇을 침대 아래로 옮겨 놓았다.

"상전이 따로 없네."

슬리핑의 침대에서는 오래된 체취의 냄새가 났다. 하지만 제대로 처음 누워보니 푹신했다.

자꾸 졸리지만 그래도 꾸역꾸역 사료와 하얀 알약을 먹었다.

그리고 다시 잠을 잤다.

　툭툭 툭툭툭툭툭 툭 툭.
　눈을 떠보니 슬리핑은 내 곁에서 자고 있었다. 자판 소리가
아니라 겨울의 비가 창을 때리고 있었다.

　세상에는 닮은 것들이 있다. 자판을 치는 소리와 유리창을
때리는 빗방울들의 소리, 청아한 풍경 소리와 자전거에서 울
리는 따르릉 소리, 바람을 품은 나뭇잎들이 내는 소리와 샤워
기에서 처음 나오는 첫 물의 소리, 카뮈의 거친 숨소리와 격
정적인 단조의 음들, 니들의 색이 다른 눈동자와 환절기 공기
가 품은 고요한 흐름, 책을 가만히 넘기던 그의 주름진 손과
웃으면 같이 패이던 온화한 주름들이, 카뮈 집사의 무거운 여
행 가방이 땅에 끌리는 소리와 찻길에서 인간들이 만들어내
는 소음이, 물이 차오르던 순간들과 그 속에 있던 나의 거짓
말과 비밀들이.

근성이 태어나는 곳

근성을 이루는 것에 대해 생각한다. 근성은 끈기, 지구력, 집중력, 꾸준함, 한결같음, 을 기본으로 한다. 하지만 그 모든 것이 있어도 열정과 믿음이 없다면 다 무용지물이다. 그리고 열정과 믿음을 만드는 것은 진심, 이다. 진심이라는 말을 촌스럽게 여기는 자들이 있다면 진심이 없거나, 진심의 무게를 모르거나, 진심을 잃어봤거나, 지독한 혼자만의 진심 때문에 불행한 것일지도 모른다.

"니들."
"물루. 괜찮아?"
그러고 보니 이 건물의 고양이 셋이 돌아가면서 아팠다. 니들은 사고였고 카뮈는 숨을 못 쉬었고. 나는 스스로 사고를 치고 추위를 얻었다.

"응. 이제 괜찮아."

"걱정 많이 했어."

"놀라게 해서 미안해."

"무슨. 놀라기는 했지만 무사하니 마음이 놓여."

"저기. 니들. 부탁이 있는데."

니들이 바로 고개를 끄덕였다.

"혹시라도 가끔 봐줄래? 2층 창이 완전하게 오래 닫혀있으면."

"무슨 일이 있었지?"

나는 그냥 있는 그대로 마음을 털어놓았다. 말을 하면서도 니들이 날 이상하게 보면 어떡하지, 하면서도 한 번 말문이 터지자 어쩔 수가 없었다. 내 얘기를 다 듣고 나서 니들은 어쩔 줄 몰라 했다. 역시. 충격이었을 것이다. 후회가 밀려왔지만 이미 밖으로 나간 이야기를 다시 담을 수도 없다.

"미안해. 물루."

마음에서는 더는 너랑 친구는 못 할 것 같아, 라는 말이 들리는 것 같았다.

"약속할게. 또 그런 상황이 오면 내가 이번에는 너를 구해줄게. 그리고 잠시만."

니들은 금세 바늘 하나를 가지고 왔다. 저번에 받은 바늘보다 굵었다.

"바늘은 왜?"

"그냥 비상용으로 가지고 있어. 그래야 내가 마음이 좀 좋을
것 같아서 그래."

니들은 다시 집으로 가고 나는 바늘을 숨길 곳을 찾다가 현
관 턱 아래에 직선으로 놔뒀다. 유심히 살피지 않으면 절대 모
를 것이다. 그리고 이 바늘을 다시는 어떤 식으로든 사용할 일
이 없기만을 바라고 바랐다.

"영감. 잘 먹네."

빈 밥그릇을 보고 새로운 사료와 알약을 넣어주며 슬리핑이
말했다. 그리고는 내 등을 손으로 슬쩍 만졌다. 여기에 오던 날
과 병원으로 갈 때를 제외하고는 멀쩡한 정신에 처음으로 몸
이 닿는 거였다. 나도 모르게 올라가는 꼬리를 내리느라 애를
썼다. 마음보다 몸이 먼저 반응을 한다. 그건 어쩐지 씁쓸한
기분이었다. 그리고 곧 들리는 슬리핑의 툭툭, 소리에 나도 모
르게 침대 위로 올라갔다. 잠이 쏟아진다.

"야! 뭐야?"

카뮈다.

"네가 왜 침대 위에서 잠을 자냐?"

"그렇게 됐다."

“원래 여기는 내 자리거든. 실은 너도 네 집사를 좋아하고 있었구나. 그렇게 아닌 척하더니.”

할 말이 없다.

“그럼 나는 내려갈 테니까 네가 와서 자.”

나는 침대에서 내려와 창턱으로 자리를 옮겼다.

“이제 됐냐?”

침대 위로 올라가기는 했지만 눈을 말똥거리며 카뮈가 날 본다.

“어떻게 된 건데?”

“뭐가?”

“아까 물어봤잖아. 집사를 좋아하냐고?”

아. 피곤하다.

“그냥 추워서 그랬다고!”

“좀 조용히들 해라.”

노트북에서 눈을 떼지 않은 채로 슬리핑이 말했다. 갑자기 기분이 잔뜩 상한 얼굴로 카뮈는 내려가 버렸다. 마치 슬리핑이 아닌 내가 자신을 내쫓기라도 한 듯이. 하지만 내일이면 또 올 것이다. 하지만 마음에 걸린다. 또 숨을 못 쉬고 있는 건 아닐까. 멍청한 건 그런대로 넘길 수 있지만 골골대는 건 싫다. 결국 공원으로 나가 천천히 살펴봤지만 카뮈는 없었다. 다시 카뮈의 집으로 가봤지만 역시 없다. 얘는 도대체 어디로 간 걸까. 마음이 불안해진다. 근처를 다 돌아다니다 터벅거리며 돌아오는데 보였다. 니들과 카뮈가 3층의 턱에서 같이 있다. 드디어 카뮈의 근성이 통한 걸까. 그사이에 고백이라도 한 걸까. 나를 빼고 둘이서만 있는 모습은 처음이다. 아무튼 다행이었다. 맥이 다 빠져서 집으로 들어가자 슬리핑은 여전히 글을 쓰고 있었다.

나의 근성에 대해 생각해본다. 아무것도 떠오르지 않는다. 첫 문장을 몰래 작성하는 거 말고는. 아무것도 없다. 정말 아무것도 없다. 그리움에 대한 근성은 꺼내놓고 싶지 않디. 그리움에 근성이라는 감정은 맞지 않다. 그저 저절로 갖게 된 것에 근성이라는 이름을 붙이고 싶지 않다. 그러니 근성에 대해서는 아무것도 없다는 게 내 양심이다. 그 양심의 겉은 가시로 보호되고 있어서 아무도 건드릴 수 없다. 내 그리움은 나만의 것이다. 오직. 가장 아픈 곳이지만 가장 내가 잘 아는 곳이고 내 영혼이 거주하는 곳이다. 외로워도, 괴로워도, 쓸쓸해도 괜찮다. 슬리핑의 두터운 이불 속처럼 나도 내 이불이 있다. 청결하고 좋은 냄새가 나고 긴장 없이 곤하게 잠들 수 있는. 있었다, 라는 과거형은 쓰지 않는다. 영혼은 시제를 따지지 않으니까. 고루한 문법이나 논리로 이루어지는 것이 아니므로.

차분한 슬픔

"너의 생일은 1월 1일이야."

그가 달력을 뒤로 넘기고 빨간색의 색연필로 동그라미를 그렸다.

"완벽한 날이지. 시작의 의미를 지닌."

그때는 몰랐다. 글자는 조금밖에 읽지 못했고 숫자는 대강 알았지만 그저 추웠으니까. 그는 내게 태어난 날을 주고 싶었던 거다. 정확한 날짜가 아니어도 상관없다. 그 마음이면 충분하다. 이제 나는 깨달았다. 나는 그의 기일은 알지만 정작 그의 태어난 날은 모른다는 걸.

슬픔도 차분해질 수 있을까. 그건 거의 불가능한 일이지만 잊는다는 의미는 아니다. 더 오래 간직하기 위해서 매번 같은 장면을 되새김질하는 것이다.

당신의 생일도 1월 1일이에요. 그렇게 당신을 기억할게요.

"물루."

그는 때때로 내 이름을 불러놓고 아무 말도 하지 않았다. 그리고 그저 눈빛으로 날 불렀다. 그러면 나는 날아가듯이 그에게 달려갔다.

"힘이 넘치는구나."

나는 그의 손길을 받으며 배를 뒤집었다. 그러면 그는 배를 한참이나 쓸어주었다. 때로는 너무 생생한 것들은 때로는 비현실적이게 느껴진다. 그는 내게 이름을 주고, 생일을 주고, 글자를 알려주고, 숫자도 알려주고, 음악을 들려주고, 온기를 주고, 손을 주었다. 그런 그에게 난 무얼 주었을까. 아무것도 준 것이 없는 것 같을 때면 차분할 수가 없다. 그럴 때면 마음이 터져버릴 것 같다. 이제야.

"물루."

귓가에 속삭이는 그 말은 닿지 않는다. 늘 내 어딘가에 속해 같이 있다.

마지막 나날들은 빠르게 지나갔다. 마지막 날들은 비발디의 3악장의 Allegro, 같았다. 그의 기침은 폭풍 같았고 잠시 그쳐도 태풍의 눈 같았다. 그는 내게 괜찮다는 눈빛을 간신히 보냈지만 그의 눈은 고통으로 시뻘건 실핏줄들이 생기고 있었다. 그리고 마지막 숨을 내게 주고 영원으로 갔다. 나는 아무것도 할 수 없었다.

"좋았어!"

슬리핑은 어쩐지 신이 나 있다. 그리고 신이 들린 듯이 자판을 쳐댔다. 가라앉은 마음 탓인지 여느 때보다 감흥이 없다. 그저 졸리기만 했다. 잠을 자고 싶은 건 아닌데 자꾸 기운이 빠진다. 요즘 슬리핑이 조금 친절해지기는 했지만 어쩌면 그것 때문에 더 혼란스러운지도 모른다. 갑자기 변하는 온기는 바라지 않는다. 차라리 내내 차가운 것이 더 마음이 놓인다. 놀아나고 싶지 않다. 그러다 진심이라고 믿어버릴까 무섭다. 슬리핑의 행동은 기분 탓이다. 그러니 믿지 않는 편이 낫다. 그게 서로를 위해 좋다. 그와 슬리핑이 어떻게 친구가 되었을지는 궁금하지만 영원, 이라는 곳에 가서 물어보면 되겠지. 아니, 어쩌면 영원에서는 어떤 질문도 하찮을지도 모른다. 그저 말도 필요 없이 나란히 걸어가다 밤이 있다면 같이 잠들면 된다, 하지만 지금 난 아직 영원으로 가지 못하고 슬리핑은 네 시간 가까이 글을 쓰고 침대로 직행했다. 또다시 내가 움직일 시간이다.

진심이 섞인 거짓말들. 그게 소설이다. 마음을 알지 못하면 지어낼 수 없는 감정들, 그게 소설이다. 허구, 라는 무기를 갖고 자유롭고 싶은 틈을 갈구하는 것, 그게 소설이다. 자신만의 은밀한 표식을 눈치채지 못하게 슬쩍 끼워 넣는 것도 가능한 것, 그게 소설이다. 머리에서는 불이 나지만 손만은 냉정하게 움직여야 하는 것, 그게 소설이다. 며칠 머리를 감지 않아도 주인공의 머리에서는 매일 상큼한 샴푸 향이 나게 만드는 것, 그게 소설이다. 이름 하나를 바꾸면 수정을 하기 위해 눈을 현미경으로 만들어 잡아내야 하는 것, 그게 소설이다. 꿈이든, 착각이든, 손바닥이든 스쳐 지나가는 것들을 잡아내야 하는 고단한 것이 소설이다. 그리고 무엇보다 그 불길과 냉기 속에서 차분해야 한다.

글은 이제 130쪽이다. 제목도 없이.

나는 차분하게 첫 문장을 적었다. 슬리핑의 글이 이제는 막바지로 가고 있다는 것을 감지한다. 지금대로만 나아간다면 봄이 올 때 즈음이면 글이 완성될 것이다. 지겨우면서도 어쩐지 아쉬운 기분이 드는 자신이 난감하지만 이 긴장이 풀리면 어떡할까, 라는 걱정도 든다. 하지만 나는 요즘 이상하게 차분하다. 안도와는 다른 감정이다. 슬픔이 시간을 먹고 조금 차분해진 것이다. 그것이 더 슬프다. 어쩐지 오래된 와인 같은 몸이 홀짝거리며 술잔을 바로 비워내고 소화를 시키는 것 같다. 다음 잔은 영원히 남아 있으니. 다른 방식으로 슬퍼하는 것이다.

본질은 여전히 굳건하지만 파양된 슬픔 들이 도리어 나를 온통 감싸고 더 강렬하고 은근하게 내 모든 것들 속에 들어왔다.

나도 모르는 사이에. 아니. 내가 불러들인. 그러니 나는 매일 1월 1일이다. 그와 같이.

장 그르니에와 알베르 카뮈

- 나는 혼자서 아무것도 가진 것 없이 낯선 어느 도시에 도착하는 것을 몹시도 원했었다. 나는 겸허하게, 그리고 가난하게 살고 싶었는지도 모르겠다. 그렇다면 무엇보다도 비밀을 간직할 수 있을 것이다. -

장 그르니에 〈섬〉 17쪽, 다섯 번째의 문장이다. 그리고.

- 그는 내게서 무엇을 배웠을까? 그는 다른 많은 사람들 사이에서 자신을 가르치는 사람. 그러나 무의식적으로만 자신의 꿈을 전달해주던 사람 곁에서 살았다. 글을 쓴다는 것, 그것은 자신의 강박관념을 질서화하는 것이다. -

장 그르니에 〈카뮈를 추억함〉 27쪽, 첫 여섯 줄의 문장이다.

두 사람은 처음에는 스승과 제자 사이로 관계를 시작했지만 문학적인 동료가 되었다. 성장 배경도, 세계관도 다른 그 둘은 결국 파국을 맞았다. 카뮈는 삶의 원인과 결과가 일치하지 않는 부조리, 그러니까 어떤 것을 절대적으로 믿는 것에 대해 종말이라고 믿었고 그르니에는 인간의 가능성에 대한 끈을 놓지 않았다. 태생이 다른 그들이 서로에게 끌렸던 것도 당연하고 수많은 마찰이 생겨나는 것도 당연했다. 카뮈가 성장을 하면서 그르니에의 사상에 반발심을 가지기 시작한 건 지중해에서 느긋하게 누워 태양을 즐기는 장 그르니에가 뇌리에 박혀버렸기 때문일지도 모른다.

하지만 내가 아는 이야기는 여기까지다. 그는 딱 거기까지만 내게 읽어주었다.

그러니 이제부터는 나의 상상이다. 그 둘이 시간을 지나 다시 만났는지, 그저 서로가 다르다는 것을 겉으로라도 포용했을지 전혀 모른다. 성인처럼 살아가는 장 그르니에의 토대는 기본적으로 풍족한 경제적 상황과 사랑받았을 어린 시절에 익힌 선함이지만 태생부터 거칠고 가난했던 알베르 카뮈는 그것을 부르주아적인 낭만으로 비판했을 것이고 깊은 속내 안에 있는 열등감과 불안으로 기인 된 혁명적인 자신을 장 그르니에, 에 대한 반발과 우월감으로 바꾸고 싶어졌을 것이다. 자신만의 세상을 창조하며 자신이 믿는 최전방에서 싸우고 있다는 것이 그저 가장 순수하다고 믿고 자신의 생명력을 발휘하고 증명하기 위해 최선을 다했을 것이다. 누구의 잘못도 없다. 누구의 잘못도 아니다. 그저 다르다는 것을 허공에 걸어놓고 편하게 짙어지는 저녁을 보거나 토론 없이 그냥 차를 마시거나 하는 일도 서먹해지고 멀어지게 되면 도무지 만날 수가 없는 것이다. 그저 사상만이 충돌할 뿐이다. 서로를 그리워하는 마음보다 더 강한 것이 있다. 그건 자신을 지탱해주는 것에 대한 공격이다. 본질을 건드리면 누구나 상처를 입는다. 그리고 반발이 발생한다. 그냥 좋았었던 것까지 변질시킨디. 길이 흘렀넌 뜨거운 눈물은 허망한 기억으로 변하고, 털어놨던 비밀들의 행방에 불안해지고, 상대방이 좋아했던 것들을 본능적으로 기피하게 된다. 일말의 그리움은 더는 간직할 수 없는 부스러기가 되고, 믿음은 어리석음과 동의어가 되고 친밀했던만큼의 배신감이 자리를 잡는다. 처음에는 힘들지 몰라도 시간이 지나면 더 굳어진다. 그건 확신으로 변해 점점 더 사이는 멀어지고 나중에는 그 상태를 받아들이게 된다. 그들의 즐거웠던 접점들은 상처가 되다가 어느 날인가 문득 생각이 나도 별다른 도리가 없다는 것을 다시 또 받아들이는 지난한 과정들을 반복할 따름이다. 온기로만 살아갈 수 없는 인간이 든 깃발에 하얀 천을 단단하게 매듭지어준들 달라질 것은 없다. 따뜻한 지중해의 햇살 아래 누워있는 한가로움을 방해한들 달라질 것은 없다. 그렇게 서로가 멀어져간다. 같은 세상 아래에서 다른 사상을 믿고 택하며.

그러니 근본은 변할 수 없는 것일까. 태생은 선택할 수 없지만 그 이후의 일들도 결국 태생, 이라는 굴레에 갇혀 있는 걸까. 화해, 가 무조건 좋은 것은 아니다. 그 화해 속에서 아직 이해되지 않는 것들이 남아있다면 그건 진짜 화해가 아니다. 또 다시 벌어질 사건을 조금 더 뒤로 미루는 것뿐이다. 아무리 조심해도, 아무리 너그러운 부분을 찾아내도, 아무리 그저 고개를 끄덕이자고 결심해도 그 시간이 지나면 결국 각자 자신의 본연으로 돌아가 버릴 것이다. 슬프지만 멀어진 것이다.

불가능한 일이지만 장 그르니에의 고양이인 물루를 만나고 싶다. 진짜 물루를. 그저 같은 이름을 받았기 때문만은 아니다. 같은 이름을 지니고 사랑을 받았던 물루와 이야기를 해보고 싶다. 안다. 불가능한 일이다. 하지만 고양이 주제에, 라는 말은 서로에게 하지 않을 게 분명할 것이다. 장 그르니에의 물루라면 내 모든 비밀을 털어놓을 수도 있을 것 같다. 어쩐지 다 이해해줄 것 같다. 내 비밀의 무게를 진심으로 덜어줄 것 같다. 그리고 영원에 대해서 고양이만의 언어로 얘기해줄 것 같다. 영원의 풍경과 음악과 그곳에서 사는 존재들의 평온에 대해.

"카뮈. 카뮈. 카뮈."

"야! 뭐야? 내 이름을 왜 그렇게 불러대?"

혼자 말이었다. 장 그르니에의 제자 카뮈를 생각하던 중이었다.

"널 부른 게 아닌데."

"그럼 뭔데?"

"예전에 얘기한 적이 있잖아. 그르니에와."

"몰라. 기억 안 나. 어쩐지 기분 나빠."

"알았어."

카뮈는 자신이 얼마나 좋은 이름을 얻었는지 모른다. 진짜 카뮈와는 닮은 구석은 하나도 없지만.

"알았다고! 가라고."

"너는 참 볼수록 이상한 애다."

"뭐가 그렇게 이상한데?"

"그냥 그렇다고."

"내가 말했지. 말을 할 거면 좀 제대로 하라고."

"몰라."

"입장을 좀 바꿔서 생각해 봐. 너도 뇌가 있잖아. 그저 이상하다고 말하면 상대방은 뭐가 이상한건지 궁금할 거 아니야? 너라면 어떨 것 같아?"

카뮈는 잠시 정지했다.

"미안하다."

그리고는 가버렸다.

그르니에와 이야기를 나누다 알베르 카뮈도 저런 식으로 뒤
돌아 갔을까.

돌아오는 것들

카뮈의 집사가 다시 집으로 돌아왔다. 카뮈가 난리를 치는 소리가 창을 통해 들어왔다.

"물루."
"아. 니들."
어쩐지 오랜만이다.
"무슨 생각을 그렇게 하고 있었어? 말 걸기가 어려웠어."
"아. 아니야. 그냥 좀 멍했어."
"그래? 왜?"
"시끄러워서."
"아. 카뮈?"
"응."

정작 시끄러운 건 카뮈보다 내 마음인데 설명하기가 어렵다. 한 달만 지나면 새로운 해가 밝는다. 그래서일까. 그와 내 생일이 다가와서 그런 걸까.

"당분간 카뮈는 괜찮겠네."

"응. 지겨운 반복이지만 뭐. 우선은 다행이지."

내 말투는 스스로에게도 성의 없게 들린다.

"니들."

"응."

"좀 나대기는 하지만 카뮈를 가끔 들여다봐 줘."

나도 모르게 튀어나온 말이다.

"어디 가? 너?"

"아니. 그냥 저번에 카뮈를 보고 너무 놀래서."

니들은 고개를 살며시 끄덕였다.

슬리핑은 속도가 붙었다. 침대에 누울 때는 여전하지만 조금 다르다. 글만 쓰고 조금만 막히거나 첫 문장이 없으면 후다닥 침대로 옮기던 슬리핑은 조금씩 달라져 가고 있다. 글은 이제 162쪽이 되었다. 이미 장편 소설로의 자격은 갖췄다. 어쩌면 저번에 낸 책에 대한 실망감에 대한 치열한 복수, 같은 마음을 속에는 품고 있을지도 모른다. 세상이 나를 놓친 걸 후회하게 해주고 싶다, 같은. 아니면 실은 그저 순순하게 글을 쓰는 것을 좋아하는 기질이 혹여나 있었다면 지금 다시 발휘되는 것일지도 모른다.

툭툭툭 툭툭툭툭툭툭 툭툭 툭.

여기에 음악은 없지만 이제 자판 소리의 리듬을 음악으로 삼을 수밖에 없다. 그렇게 또 하루가 간다. 나는 일주일 치의 생을 살아낸다. 슬리핑이 24시간을 보내는 동안 나는 168시간을 보내고 있다.

"뭐지?"

갑자기 슬리핑이 들썩이며 손을 자주 움직인다. 몇 번이나 그 반복되는 그 손을 보자 나는 깨달았다. 맨 처음의 문장이 바뀌어 있다는 걸 이제야 알아차린 거다. 하지만 그것도 꿈의 탓이라고 여길 테니 나는 그냥 모른 척을 하면 된다.

"내가 이렇게 썼던가?"

그 혼잣말을 들으며 모든 글이 다 사라질까 봐 두려워진다. 그런 일은 없겠지만. 슬리핑이 첫 문장을 고쳐버려도 나는 아무런 할 말이 없다. 하지만 내 입장은 다르다. 한참이 지난 후, 슬리핑은 유레카를 외치듯이 혼잣말을 내뱉었다.

"내 꿈은 진짜 묘하다니까. 아무도 믿어주지 않겠지만. 이 문장이 더 좋지."

혼자 고개를 끄덕이는 모습을 보니 내가 고친 첫 문장은 살아남았나 보다.

그리고 현재로 돌아와 신나게 자판을 치는 슬리핑을 보자 맥이 턱 풀렸다. 아직도 반가운지 조금 열린 창문으로 날카로운 카뮈의 목소리가 들려온다. 불쌍한 놈. 그러다 갑자기 마음에서 무언가가 떠올라 나는 카뮈네로 갔다.

"야."
카뮈는 집사의 곁을 졸졸 따라다니고 있었다.
"야! 카뮈!"
세 번 정도를 부르자 귀찮다는 듯이 카뮈가 창가로 왔다.
"왜?"
"좀 물어볼 게 있어서."
"빨리 말해. 난 바빠."
"너는 지금 집사가 처음이지?"
"그게 무슨 말이야?"
"그러니까 지금 집사가 처음이냐고?"
"그래. 왜?"
"알았다. 미안."

나도, 니들도 첫 집사를 잃었다. 그 슬픔을 교집합으로 말하고 싶지 않지만 사실이다. 하지만 카뮈는 그런 감정에 대해서는 아직 모른다. 겉으로는 니들의 집사는 더없이 친절하고 슬리핑은 왜 나와 같이 있는지도 모르겠지만 어쨌든 카뮈가 경험하지 못한 절대적인 불안감을 가지고 있다. 아무리 카뮈의 집사가 집을 비워도 결국은 돌아온다. 하지만 니들과 나는 다르다. 다시는 절대 돌아올 수 없는 존재를 품고 있다. 그래서 카뮈가 가벼워 보였을까. 모르겠다. 그것도 편견일지 모른다. 카뮈를 좋아하지는 않아도 카뮈의 집사가 영원한 집사가 되길 바라고 있다. 나도 모르게. 돌아오는 것은 알아도 절대 다시는 돌아오지 않을 것은 내내 모르길 바란다.

슬리핑은 여전히 자판을 치고 있다. 이야기가 잘 진척되고 있는 모양이다.

나는 현관 턱 안쪽에 있는 굵은 바늘이 잘 있는지 확인했다. 처음 놔둔 그대로 있었다. 묵직한 안도감과 불안한 상상이 겹쳐진다. 바늘 하나로.

나는 밖으로 나갔다. 오랜만에 수풀 속에서 잠을 좀 자고 싶었다. 이제 창문이 반 정도는 늘 열려 있어도 갇히는 것에 대한 공포심은 아직 사라지지 않았다. 잎사귀들은 다 떨어지고 나뭇가지들만 남은 그곳은 폐허 같았다. 그래도 바위 아래 작은 공간이 있었다. 나는 바위 안쪽에 몸을 기대고 눈을 감았다. 코로 들어오는 차가운 바람이 매서웠지만 시원하기도 했다. 혹시라도 다시 내가 갇힌다면 어떤 망설임도 없이 굵은 바늘로 슬리핑을 찌르고 나오겠다.

1월 1일

새해의 첫날이다. 그와 나의 생일이다. 우리의 생일이다.

"물루."

"응."

눈 속에 있었다면 구별도 가지 않았을 하얀 니들이 창가로
놀러 왔다.

"있지. 말할 게 있어."

"응."

"나, 카뮈랑 만나기로 했어."

"그래?"

"이상하지?"

"응. 이상해."

니들은 마치 죄를 지은 것 같은 얼굴이 되었다. 그래서 나는 얼른 말을 했다.

"잘 됐다. 니들. 이건 진심이야. 고백은 제대로 받은 거지?"

"응."

아무리 고백을 받아도 자신이 싫으면 그만이다. 카뮈가 나와 니들을 대하는 태도나 말투나 마음은 분명 다를 것이라는 건 이미 알고 있었다. 여전히 니들이 좀 아깝기는 하지만.

"내 진짜 이름은 말하지 않을 거지?"

"왜 그런 걱정을 해? 절대. 안 해."

니들이 사라지자 기분이 묘했다. 그들의 연애는 아무것도 아니다. 나는 이기적이다. 그저 이 1월 1일을 어떻게 보내야 할지 모르겠다. 울렁거리는 마음과 온종일을 싸워야 한다. 속이 안 좋다. 실은 며칠 전부터 증후군이 오고 있었다. 외면하고 있었지만 실은 심장 박동이 내가 느끼기에도 점점 더 빨라지고 있다. 달리 방법은 없다. 그저 버티고 견딜 뿐. 그래도 한편으로는 이 비밀스러운 나만의 기념일이 있어 마음껏 슬퍼할 수 있다.

"아하. 이제 정말 거의 다 왔다."

슬리핑은 한숨을 토해내듯이 혼잣말을 했다.

툭툭.

그리고는 침대로 가서 누웠다.

나는 십 분 정도를 기다리다 새로 쓴 글을 읽고 마지막일지 모를 첫 문장을 적어 넣었다. 나머지는 어차피 슬리핑의 몫이 므로. 제목은 아직도 없었다. 침대에 누운 슬리핑은 작아 보였 다. 뼈대는 그대로지만 예전보다 많이 여위었다. 이번 잠에서 는 제목에 대한 영감을 찾을지는 모르겠지만 이제는 그가 처 음으로 잘 만한 자격을 갖춘 인간으로 보였다.

"영감."

"왜?"

이번에는 카뮈다.

카뮈는 나를 불러놓고 말이 없다.

"왜?"

카뮈가 숨을 고른다. 나는 가만히 기다렸다.

"저기. 나. 니들이랑……"

"응."

"저기. 그러니까."

"응. 천천히 말해."

나는 다 알면서도 카뮈의 말을 기다린다.

"연인이다."

"그래? 소원을 이뤘네?"

내 말에 카뮈는 좀 놀란 것 같았다.

"잔소리를 잔뜩 둘을 줄 알았는데 이상하네."

"니들이 네가 좋다면 그만이지. 니들에게 잘 해줘."
"너, 좀 이상해."
"또 뭐가 이상한데?"
"그냥."
"지금 나한테 보고하는 거야?"
"뭐. 그런 거지."
내 시큰둥한 반응에 기분이 별로였는지 카뮈는 금세 가버렸다.

마음이 서걱거린다. 마음이 푸석거린다. 마음이 안구 건조증에 걸린 눈동자 같다. 이제 하루의 반이 겨우 지났다. 내일이라고 크게 달라질 것도 없지만 그래도 아직 반의 생일이 남아 있다. 차라리 시간이 빨리 갔으면 좋겠다. 아니, 괴로워도 좋으니 오늘이 지나지 않았으면 좋겠다. 입술이 탄다. 물을 아무리 마셔 봐도 갈증이 사라지지 않는다. 며칠 치의 물을 한꺼번에 마셔댔다.

"영감. 넌 무슨 물을 그렇게 마셔 대냐?"
슬리핑은 글을 쓰다가 슬쩍 나를 보고 말을 건다.
"작가란, 음, 그러니까. 노동자야. 너는 무슨 말인지도 모르겠지만."
정신노동을 한다는 걸 말하고 싶은가. 세상의 모든 존재들은 나름대로 각자의 노동을 하고 있는데.

툭툭툭툭툭.

"그래. 네가 뭘 알겠냐?"

툭툭 툭툭툭툭툭툭 툭툭.

이제는 글을 쓰면서 말도 한다.

"너는 기억할지 모르겠지만 네 원래 주인은 내 유일한 친구였어."

툭툭.

"나는 아무하고도 안 어울리거든. 그게 내 신념 비슷한 거였지. 인간은 만나면 일이 생겨. 그리고 나는 그런 것에 질색이야. 하지만 네 첫 주인은 거의 20년 동안 한결같았어."

툭툭툭툭툭툭툭툭툭툭 툭.

"그는 늘 처음 만난 사람 같기도 했고 백 년을 만난 사람 같기도 했어. 실은 좀 묘한 사람이었지. 중고 서점을 운영해서 그런가. 늘 과거의 것들을 소중히 여겼던 것 같아. 그는 고전을 사랑하는 인간이었어. 그를 보면 지상의 사람 같지 않을 때도 있었던 것 같았지."

툭 툭툭툭툭 툭툭.

"이건 글로도 표현할 수 없어. 세상에는 그런 것들도 간혹 있어. 그냥 그가 그랬어. 모든 걸 품으면서도 아무것도 품지 않는 사람 같은."

오늘이 그의 기일이라는 걸 슬리핑은 기억하고 있는지도 모르겠다. 나는 귀를 쫑긋 세우고 다음 말을 기다렸지만 슬리핑은 완전히 글 속으로 들어가 버렸다. 이제 자정이 되기까지 다섯 시간이 남았다. 길고 긴 시간이다. 내게는 서른다섯 시간이다. 물로 가득 찬 배가 거북해 수풀로 가서 볼일을 봤다. 저녁 하늘에 희미한 달이 하나 어렴풋이 떠 있다. 그 달을 한참 바라보았다.

1월 1일, 그 이후

“물루.”

니들이다.

“카뮈는 잘 해줘?”

“응. 매일 이야기를 나눠.”

“나쁘게 굴면 그냥 버려.”

내 말에 니들은 웃었다.

“웃긴 말이지만 넌 내가 아깝지?”

“너무 아깝지.”

“뭐가 아깝다고?”

갑자기 카뮈가 고개를 들이밀었다.

사랑을 쟁취한 남자가 되어 의기양양하다. 얄밉기도 하면서 다행이라는 생각이 든다.

"니들."

카뮈의 그 말에 니들은 카뮈를 따라 나란히 창가에서 사라졌다.

툭툭툭툭툭 툭 툭툭툭툭툭툭 툭툭툭툭 툭툭.

슬리핑은 거의 피아노를 연주하듯이 손을 움직이고 있다. 지난밤부터 계속이다. 글이 얼마나 길어졌는지는 슬리핑이 잠에 들면 확인하면 될 것이다. 거의 막바지가 왔다는 것만 알고 있다. 지긋지긋했던 마음 위로 살짝 서운한 마음이 덮인다. 자신만의 세상에 푹 빠져 있어 올 해의 첫눈이 내리기 시작한 것도 모르고 있다. 힘든 하루였던 어제에 대한 보상일까. 나는 창가로 올라가 솜뭉치처럼 뭉쳐 내리는 눈을 바라본다. 마음은 여전히 어딘가 울퉁불퉁하다. 어제가 지났다고 해서 딱히 달라진 것도 없이 오늘까지 이어져 있다. 시간에 기댈 수 있는 건 아무것도 없다. 잠시 숨이 찼지만 내가 뱉은 숨이 다시 내게로 돌아오고 있다. 종이봉투는 필요 없다. 이제 카뮈에게도 종이봉투는 필요 없을 것이다. 니들이 있으니. 외로워서 숨이 차는 일은 없을 것이다. 지금 니들과 카뮈는 같이 저 내리는 눈을 바라보고 있을까. 아니면 내일 만나자고 약속을 하고 각자의 집사 품에 안겨서 곤히 잠들었을까. 지금 나의 현실에는 슬리핑이 치는 자판 소리가 전부다. 마지막 첫 문장은 남겨주길. 그래야 진짜 비밀이 완벽하게 완성되는 거니까. 슬리핑이 오후가 돼서야 잠에 들자 나는 글을 읽었다. 글의 분량이 많아 시간이 걸렸다. 그리고 다 읽자 노트북에 쓰여 있는 메모를 봤다. 순간 그게 첫 문장인 줄 알고 심장이 요동쳤다.

(마지막 챕터)

이제 정말로 마지막 첫 문장만 남았다. 이제 정말 마지막이구나. 나는 잠시 멍하게 있다가 첫 문장을 적었다. 그리자 이상하게 몸이 덜덜 떨려왔다. 완벽한 범죄를 완성한 기분 같다가 스스로 자해를 해놓고 쓰라려서 어쩔 줄 모르는 심정 같다가 어디선가 비발디의 교향곡이 들리는 것 같았다. 나는 일부로 눈을 꼭 감고 영원에서 나를 맞이해줄 그를. 그의 팔에 안겨있는 나를 열렬하게 상상했다.

그렇게 며칠이 지났다. 방 안에서는 쉴 새도 없이 툭툭, 소리만 가득했다. 눈은 그쳤고 창으로 내려다본 길은 얼음이 얼어 반짝거렸다. 수풀로 가고 싶지만 다시 창문은 꽉 닫혀 있다. 약속대로 니들은 하루에 한 번씩 나를 창밖에서 보고 괜찮은지를 살펴주었다. 내가 고개를 끄덕이면 조금 머뭇거리다가 갔다.

툭.

거대한 물방울이 떨어진 듯, 피아노 건반을 힘차고 깊게 누르듯, 두꺼운 원고의 뭉치들이 머리를 내려치듯이 소리가 여느 때와 달랐다. 슬리핑은 침대로 간다. 하지만 침대에 눕지 않고 상체만 침대에 걸친 채 어깨를 들썩이고 있다. 설마 우는 걸까? 슬리핑의 입에서 울음소리가 새어 나왔다. 내가 해냈어. 내가 해냈어. 내가. 여전히 부서져 있는 탁자 모서리를 보면서 나도 울고 싶어졌다.

그 날부터 거의 두 달이 되자 집에 커다란 종이박스가 도착했다. 슬리핑은 조심하게 그 속에 있는 책들을 꺼내 마치 나처럼 냄새를 맡았다. 드디어 글이 책이 된 것이다. 내가 종이 냄새를 맡으러 슬며시 다가가자 자랑스럽게 말했다.
"영감. 내 책이다. 침은 묻히지 마라."
불쾌하다. 하지만 슬리핑의 책이라는 건 맞다. 그리고 드디어 책의 제목을 봤다.

"뮬루."
"니들."
"잘 지냈어?"
"응."
"혹시 화난 건 아니지?"
"내가? 왜?"
"너한테 너무 신경을 안 썼어. 미안해."
"괜찮아. 원래 사랑에 빠지면 그렇잖아."

내 말에 니들은 웃지도 않았다.

"무슨 일이 있어?"

"아니야. 없어. 잘 지내고 있어. 넌?"

"슬리핑이 책을 냈어."

"저기. 뜬금없는 얘기지만 슬리핑이 책을 내니 좋아?"

어쩌면 니들은 창을 통해 내가 글을 쓰는 모습을 봤을지도 모른다. 게다가 내가 글자를 읽을 수 있는 건 예전에 고백했으니.

"응. 좋은 일이지."

"그렇구나."

니들은 알고 있는 것 같다. 거의 확실하다. 대놓고 말만 하지 않을 뿐이다.

"니들. 고마워."

내 말에 니들은 슬픈 얼굴이 되었다. 그래서 나는 말했다.

"매일 다시 태어난 것처럼 살아. 그리고 네 집사 걱정도 너무 많이 하지 마. 이렇게 예쁜 네가 있으니까. 그를 믿어줘."

"믿을게."

"응."

니들이 가고 조금 있다 카뮈가 왔다.

"야."

"왜?"

“니들이랑 무슨 이야기를 그렇게 속삭이며 말하고 있냐?”

“미안하지만 네 얘기는 전혀 없었으니 상관 마.”

“이제 니들은 내 연인이라고. 내가 어떻게 신경을 안 쓰냐고!”

“아무리 연인이라도 각자의 다른 이야기가 있어. 아직도 모르냐?”

“혹시, 뭐 나 때문에 속상하대?”

“그저 우리끼리의 안부였다고.”

“정말이야?”

“믿든 말든 네 마음이지.”

가려는 카뮈를 잡고 말했다.

“니들에게 상처 주지 마.”

“갑자기 무슨 소리야?”

“그냥.”

카뮈는 모를 것이다. 당연히. 이게 마지막일지도 모르는 인사라는 걸.

그사이에 겨울 속에 봄의 공기가 섞이기 시작했다. 늘 집에만 붙어 있던 슬리핑은 외출이 잦아졌다.

“영감. 난 오늘 북 토크를 한다.”

“영감. 이제 난 베스트셀러 작가다.”

“영감. 난 서점에 간다.”

슬리핑의 얼굴은 완전히 달라졌다. 몸에서는 좋은 향기가 나고 수염도 말끔하게 밀어버렸다. 냄새가 나던 담요들도 다 모아 버렸다.

혼자 있는 시간이면 난 종이 냄새를 맡고 책의 제목을 넋을 놓고 바라본다. 물루가 물루를.

책 제목은 〈잠. 들. 지. 마. 라.〉였다.

그저 우연이었을까. 내 주문이 슬리핑의 뇌에게까지 전달되었을까. 그건 아닐 것이다. 나의 영혼과 슬리핑의 영혼은 아주 멀다. 애초부터 다르다. 하지만 그 제목은 나를 힘껏 흔들어댔다.

진짜 집으로

"니들."

"아. 물루."

"저번에 준 바늘을 돌려주려고."

"왜? 그냥 비상용으로 갖고 있어."

"아니야. 아니야. 앞으로 그럴 일은 없을 것 같아."

나는 현관 아래 숨겨놓았던 바늘을 입으로 들고 가 니들에게 넘겨주었다.

니들은 내게 받은 바늘을 잠시 내려놓고 나를 빤히 바라보았다.

"물루."

"응."

"넌 내 유일한 친구야. 알지?"

"그럼. 나도 마찬가지야. 너도 알지?"

"응."

"기분이 어쩐지 이상해. 물루, 어디로 갈 건 아니지?"

"그럼. 걱정 마."

역시 나는 나쁘다. 최고의 친구에게 최고의 거짓말을 해버렸다.

집으로 돌아와 책 냄새를 한껏 맡았다. 숨이 막힐 정도로. 그리고 내 첫 문장의 냄새만 골라내어 또 맡았다. 머리가 어지러운 정도로. 그리고 밖으로 나갔다.

"야! 영감! 또 산책 가냐? 이 밤에?"

고개를 돌려보니 3층에 니들과 카뮈가 나란히 앉아서 나를 내려다보고 있다. 자세히 보이지 않지만 카뮈는 실실 웃고 있다. 어쩌면 눈치가 빠른 니들은 울고 있을지도 모르겠다.

"진짜 집으로."

아무에게도 들리지 않을 혼잣말을 하며 걸음을 옮겼다.

밤이 오는 길로. 영원을 향해. 진짜 집으로. 그가 있는 곳으로.

생생히 깨어 있기 위해서.

이 이야기를 쓰며 처음 제가 글을 쓰겠다고 마음을 먹었던 날들이 떠올랐습니다.

시끄러운 장소에서 빈 화면을 바라보며 한 글자도 적지 못하고 2주를 보내고 집으로 돌아오며 구토를 하듯이 몸과 마음이 어지러웠습니다. 그래도 다음 날이면 또다시 빈 화면 앞에 앉아 나만의 이야기를, 문장을 가만히 기다렸습니다. 그리고 그런 시간이 지나 한 문장을 적어 넣었습니다.

무언가를 시작하게 되는 계기나 연유들은 때로는 나중에 깨닫게 되기도 하고 이제는 첫 문장은 얼마든지 버릴 수도 있다는 것을 깨닫고 연연하지는 않지만 그래도 첫 문장은 늘 신기하다고 생각합니다. 무의식인 영역 속에서 살아남은 감정의 부스러기가 현실에서 문장이 되고 그것을 눈으로 직접 목격하는 일이 신기해 저는 글을 사랑하는 것, 이라고 조심스레 말해봅니다.

첫 문장만 못 쓰는 작가와 첫 문장만 쓰는 고양이, 라는 이 이야기는 어쩌면 제가 바라던 인간 세상, 혹은 다른 존재들과의 결합을 원하고 있었구나, 하고 원고를 마치며 느꼈습니다.

잠들지 마라.

이 책의 책 속의 제목은 제 자신에게도 거는 주문입니다. 고단해도 깨어 있어야 얻을 수 있는 것들을 귀하게 여기며 매일을 버티는 이들에게 가만히 손을 내미는 저의 안부이며 응원입니다.

모든 책장을 넘겨주신 분들에게 더없이 고맙다는 고양이의 눈빛을 드리고 싶습니다.

2020. 봄. 진주현.